童詩，想明白

一起讀、一起想、一起寫的詩集

王淑芬◎文
灰塵魚◎圖

【我為什麼寫這本書】

詩是很靈魂深處的東西

◎王淑芬

一說起童詩，多數人想到的無非是「小貓小狗花朵開、歌詠蝴蝶與雲彩」吧。我們小時候開始讀的詩，先是感受它的韻律之美、語音鏗鏘之輕快，讀起來很好聽，耳朵真舒服；內容也多是讚美大自然，或是對生活中的人、物、事的親切歡頌，讀完心情很愉快。

然而，童詩不能進階升級嗎？只能一直凝視媽媽與毛毛蟲嗎？

詩，到頭來想到達的，是心靈境界。是心緒對萬物的感悟，對自己為何哭與笑的接受與反思。何必侷限童詩只能一直就讀幼兒園與低年級呢？

因此，我最想寫的童詩，是長大一點的，是張大眼看更遠的，但同時也靜下來、望進自己內心最深處的。

不要認定小孩子一定不懂，因而禁止他們去試著懂。

帶著這樣的心情，這本詩集除了寫不那麼低幼的詩，我也為每一首詩，殷勤寫下創作時的思路，以及使用何種文學技巧。可以說，這不單純只是一本童詩集，它也是工具，希望帶著大小讀者一同在詩山中，開墾出康莊大道，供讀詩與寫詩的人，未來可以輕鬆快意的登高。

儘管有人嚴厲的指責：「詮釋一首詩，就是在謀殺它。」不過，我認為詩是寬容的，詩的本質是海納百川、歡迎百萬種解讀的，不需要如此苛責想要為詩寫說明書的善意。

何況，對語義的深度了解，通常需要學習，因此，對「涉詩未深」的孩子（詩的初讀者），詳加解說其所以然，是一種過渡時期的「師父領進門」。讓孩子有機會了解詩人為什麼這樣寫，有助於將來孩子可以自己領略其他的詩，甚至開始寫自己的詩、自己的心、自己最透澈了悟的感動。

這樣不是很好嗎？

目錄

【我為什麼寫這本書】
詩是很靈魂深處的東西 ◎王淑芬 4

part 1
我是這樣的我 8

如果你是你 10
我的心中是小孩 14
我是個盒子 18
我是你，我不是你 24
不一樣的我 28
小的時候 32
小孩的使用說明書 36
開窗 40
我給得起 44
那時 48

part 2 我思考所以我存在 54

你要的 56
都有用 60
白馬不是白的 62
不甜 68
重要 74
猜一猜 78
中間 82
喜歡 86
我懂了 90
存在 94
跳過 98

part 3 我為什麼寫詩 102

我為什麼寫詩？ 104
很久以後 110
只有我一個人 114
還有呢？ 118
其實 122
詩人的一天 126
頌獎 130
上課 136
躲雨 142

【附錄】童詩教學入門十問 148

part 1

我是這樣的我

如果你是你

如果你是貓，大聲喵喵喵。
如果你是魚，游到大海裡。
如果你是圓，宇宙轉一圈。
如果你是天，大家都看見。
如果你是一，一直走下去。
如果你是你，你就是自己。

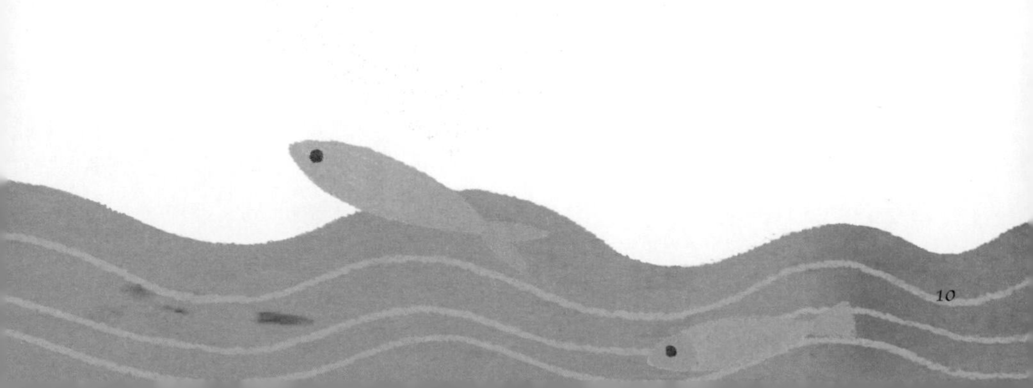

這首詩在寫什麼呢？

這首詩，寫的是自由自在、遼闊、勇敢做自己。勇敢做自己，當然要在開闊的背景下比較有感覺。因此，詩中的大海、宇宙、天、一直走下去，這些語詞或句子，都提供「遼闊」感。

想像一下，一隻小小魚，在無邊的大海中游過來、游過去，多麼自由、多麼寬闊。所以，你會發現，詩中說：「如果你是魚，游到大海裡」；而不是寫：「如果你是魚，游到小溪裡」。小溪、小河裡的魚，跟大海中的魚，比一比，誰比較有自由自在、遼闊的意象？（「意象」指的是：透過文字，讓讀者的腦子裡想像出某種畫面。）

除了「魚游到大海裡」，貓大聲喵，而不是小聲的嗚嗚叫，也表達著：在很寬敞的大地上，自由快樂高聲唱的感覺。

請你找一找，這首詩還有哪幾句也給你「自由、遼闊的感覺」？至於最後一句的「如果你是你，你就是自己」，更強調出「樂於做自己、有自己想法」的重要。

一起來寫詩

以具體例子的比喻方式，練習寫遼闊，或其他感覺。

參考例句：

如果你是雨，落在（　　　　）。
如果你是花，開在（　　　　）。
如果你是輪子，就在（　　　　）奔跑吧。

我的心中是小孩

雨的中間還是雨，
風的中間還是風。
白雲裡面是白雲，
天空上面是天空。
大海深處是大海，
夢的夢中還是夢。
我的心中是什麼，
是花是雲還是海？
小孩的心中是小孩。

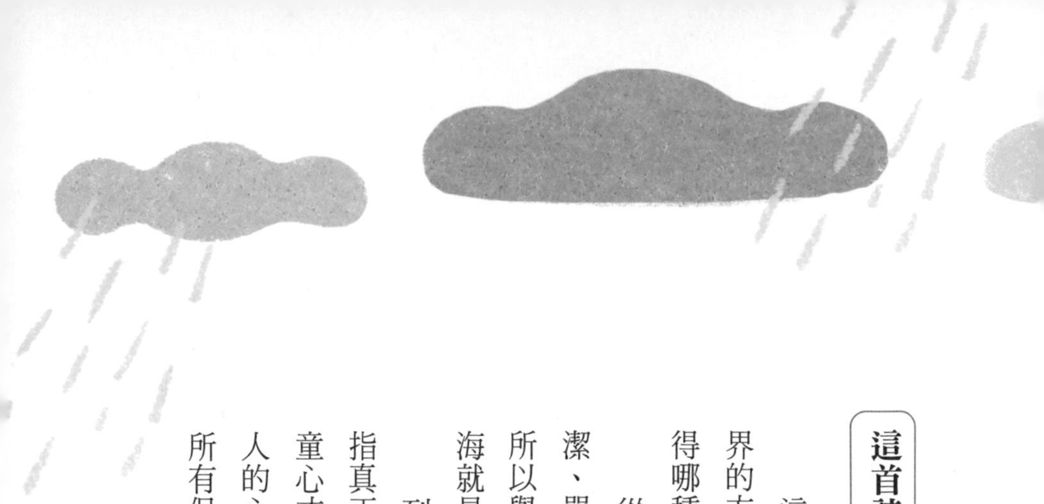

這首詩在寫什麼呢？

這首詩的主題是「自己的內心世界」，每個人都有自己看世界的方式、判斷價值的準則，這些準則，就是心的方向。你的心覺得哪種比較重要，便成為你的信仰。

從這首詩的內容，可看出我想要表達的是：讓心回到最純潔、單純的初心。讓自己保有原來純粹的、人性本善的美好本質。所以舉的例句，都是「自己的內涵還是一樣的自己」：雨就是雨，海就是海，雲就是雲。

到了最後一句，雖然寫的是小孩，但這裡的小孩，不見得只指真正年紀小的孩子，也代表所有還保有童心的大人。因為，保有童心才是永遠的小孩，不會隨著年齡增長而老化。因此，不寫「老人的心中是小孩」，而是「小孩的心中是小孩」，前一個小孩泛指所有保有童心的人，後一個小孩則是形容孩童般的純潔。

一起來寫詩

你覺得一個人的心中，最重要的心方向是什麼？是善良、上進、大方、追求美感，還是熱情？

選一個你認為最重要的心之信仰，再舉出有相同性質的具體物來形容。

參考例句：

我的心中住著一團火。

我是棉花糖，有著柔軟外表。

我是個盒子

第一層：
糖果，蜜棗。
白兔與綿羊。
金色的太陽。

第二層：
清茶，小米粥。
白鷺鷥掠過山腰。
銀白的月亮。

第三層：
檸檬，海鹽。
獅子飛奔在曠野。
流星啊流星，瞬間的耀眼。

這首詩在寫什麼呢？

詩的主題是「我」，我是個什麼樣的人，我是以什麼組成的？

寫詩的技巧中，最常運用的是比喻，不論是明白、直接的比喻（例如形容一個人是諸葛亮，代表此人足智多謀），或是隱含的比喻（例如形容一件事被打了九個死結，意思是很難解開），這些都是一種「象徵」。

詩常用象徵手法，讓讀者透過甲，來感受詩人真正要說的乙，經過一層轉換，不那麼直白，比較有趣。

這首詩為什麼用盒子來自我介紹呢？盒子，是用來裝東西的，因此，透過盒子裡裝的內容物，讓讀者知道我的內涵。本詩將盒子分為三層，通常盒子一打開，會先看到第一層。因此，第一層象徵的是：別人看到的我，第一眼看到的我，可說是他人對我的外在印象。

第二層，則是自我認知，我自己知道其實我是怎樣的人。第一層的我，有可能是為了與人交往，刻意顯露的。第二層，才是真正的我。到了第三層，則是理想中的我，我希望自己是什麼模樣。

每一層，我都以三句詩呈現，且彼此對應。第一句皆以食物來比喻，第二句是動物，第三句是自然景觀。

糖果與蜜棗是甜食，清茶與小米粥清淡，檸檬與海鹽則味道強烈。三種層次，象徵著三種「我」的不同氣息或質地。別人眼中的我可能甜、與誰都很和善美好（第一層的東西，都有這樣的特質），但心中知道那是一種必要的保護色。

真正的我（在第二層），其實喜歡恬淡，所以第二層都是些令人安靜、淡卻有味的東西。

不過，也有某種呼喚，渴望自己是曠野中奔跑的獅子，是流星，雖然一閃而逝，但光芒十分耀眼；第三層便選擇有這種特質的物品來象徵「我的嚮往」。

一起來寫詩

不妨想想，還可以用什麼東西，來比喻一個人的內涵，當作自我介紹（比如：我是一本書）？或是仿照三層盒結構，但要記得三層的句數要一樣，且彼此對應。比如：第一句都是花名，第二句都是生活中的用品，還必須有明顯的象徵意義。

參考例句：

第一層：小草風中哼著歌。
第二層：蘭花在山谷中靜靜的微笑。
第三層：大樹屹立在喜馬拉雅山上。

我是你，我不是你

我是你，我和你住在一起；
我走的路你走過，我唱的歌你唱過。

我不是你，我們喜歡不同的東西；
我愛晴天，你愛下雨；我愛玫瑰，你愛蜥蜴。

我是你，我也不是你。
我是你，我也是自己。

這首詩在寫什麼呢？

這首詩的主題是「彼此尊重」。想說的是：人與人之間，有相同的地方，也有不同之處；不該因為不同而造成疏離。

相同的地方很多，如詩中所說的，生活在相同的地球上、天空下，同地區的人說的語言相同、唱的歌相同。

然而，每個人之間不同的點也很多，就連最親的家人，也各自不同。人是有個性的，也應該保有某些自己的獨特特質。當然更應該尊重他人與自己的不同。雖然我愛晴天，你愛下雨，但不代表晴天比雨天好。

所以詩的最後說：我是你，意思是在某些大條件上，你和我都相同；不過，我也不是你，我和你還是有差異的。

如果更廣義的說，這首詩也可廣泛的指各種生命之間，都該彼此了解與包容，不見得只有指人類。

一起來寫詩

試著找一個對象，比如某位好朋友，想想自己與他有何相同與不同？或是將對象設定為人類以外的生物，甚至非生物：大山、海洋都行，寫出二者之間的同與不同。

參考例句：

我是必須吃吃喝喝的小孩，你是不吃不喝的大海……

我怕黑，黑夜自己怕不怕黑？

我喜歡游泳，你害怕水……

不一樣的我

有一天，我心情很好，因為下雨了；
有一天，我心情不好，因為下雨了。
為什麼會這樣呢？

有一次，看見花開了，我張大眼，好高興；
有一次，看見花開了，我想了想，好難過。
為什麼會這樣呢？

圓圓的月亮，讓我的心飽飽的；

圓圓的月亮，又讓我的心空空的。

為什麼會這樣呢？

前一分鐘，後一秒鐘，變了。

我，怎麼了？

這首詩在寫什麼呢？

這首詩的主題是矛盾，邀讀者思考：我們經常前後不一致，到底是好還是壞？

大家都有過這樣的經驗：同一件事，會因為所處的狀況不同，帶給我們不同感受。想起有段時間，我沉迷在蒐集各式各樣的立體書，只要有新的作品出版，我都盡量購買收藏；幾年後，發現讓自己花費龐大金錢的這些書，其中有些根本不會再翻第二次，所以便醒悟：不必再瘋狂的買它，真正的擁有不見得需要買下來、放在家。有時，知道有這本書，在網路上欣賞它，或有機會翻一下，便是擁有了。

把這些曾經發生過的矛盾寫下來，也是一種對成長的理解。我們在反覆中，學到更多事，變得更寬容，更能包容世間與我們的不同。

花開的豔麗，讓人感受生命之美，但是花開之後必有凋謝，思之也令人感傷。為什麼會這樣？因為人類是情感豐富的生物，不會只有一種感想。

可是，正因為知道我們是有情之人，才更能對世間萬物發出讚嘆，也發出哀歎。相反的心情，會讓我們更敏銳的體會別人的感受，以及對這個有情人間的愛與同情。

一起來寫詩

試著找出自己曾有的兩種矛盾心情，訂出某種順序列出來。比如可以先講發生在自己身上的事（有時喜歡靜靜看書，有時喜歡丟開書，站起來跳舞），再講與別人互動的事（有時喜歡跟朋友聊天，有時喜歡自己一個人）。從自身的到外在的，都能納入詩中。

參考例句：

窗外有眾鳥飛過，真好；窗外什麼都沒有，更好。我到底喜歡什麼？

我愛熱鬧的人群，我愛孤獨的時刻；都愛，也都不愛。

小的時候

我小的時候，
是一隻貓咪伸了伸懶腰，是一隻小狗追著風跑；
是種在媽媽身邊的小樹苗。

我更小的時候，
是一個暖乎乎的小布包，在爸爸懷裡搖啊搖；
在許多人眼裡笑啊笑。

我更小更小的時候，
是爸爸媽媽一個甜甜的想像。

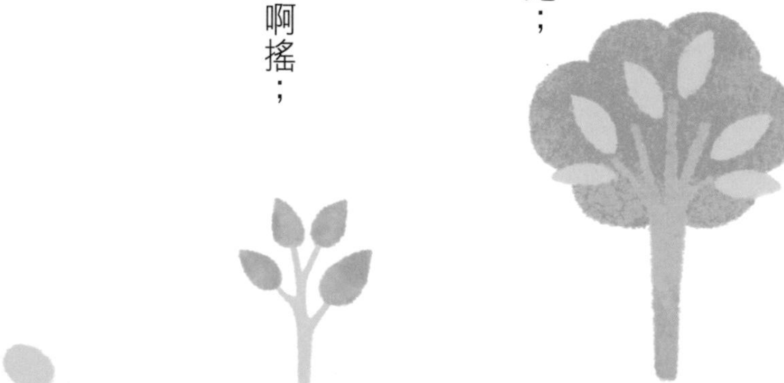

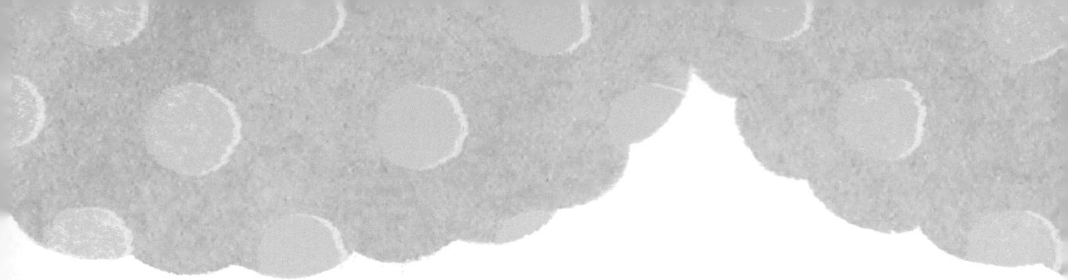

這首詩在寫什麼呢？

這首詩主題是回想小時候，而且是甜美的小時候。依時間軸往前推，先想起的是不久前，然後再倒退到更小的時候，最後是未出生之前。

這首詩將小時候分為三個不同階段，再各自放入最具代表性的描寫。既然是小時候，核心便是自己與家人。如何在三階段中，製造出區隔呢？

倒敘中的最後一段，是未出生之前，那時的我，根本未成形，只是爸媽的想像。再大一點，出生後，被爸爸抱在懷裡；而能夠跟在媽媽身邊，意味著也能偶爾離開，像隻小狗、小貓般自由行動。

有沒有發現，三段皆圍繞著「我與爸媽」，但以不同行動，來具體呈現成長的軌跡。又因為是聚焦在三個人，更增加親密感，全詩營造出家的溫暖氛圍。

詩可以超越、跳脫正常的語文法則，動詞可當名詞、形容詞，反而添加一種語言的新鮮感與趣味。比如這首詩中：「我小的時候，是一隻貓咪伸了伸懶腰，是一隻小狗追著風跑。」以貓的閒適慵懶與狗的活潑好動，形容童年的無憂無慮。

一起來寫詩

回想自己的小時候，以三段式回溯，各找出最適合的比喻。最好也像本詩一樣，聚焦一個核心主題。比如，以「我最在意的事」當主軸來鋪陳，看看不同階段最讓自己掛念的是什麼，並以此來表達出成長。

參考例句：

小孩時，我耳裡只聽見三種聲音：球在操場彈跳、鳥兒唱與小伙伴高喊。

小小孩時，我耳裡只聽見兩種聲音：（　　　　　　　　　　）、（　　　　　　　　　　）。

小孩的使用說明書

第一條：給小孩很多很多的愛。

第二至九十八條：不是那麼重要。

第九十九條：給小孩更多更多的愛。

第一百條：留一點空隙，讓小孩也能愛你。

這首詩在寫什麼呢？

這首詩的主題是：給孩子最好的、也是唯一的重要禮物，是愛，而且愈多愈好。當然教養、健康、成就、財富等，也常被家長列為對孩子有益處的選項，然而最終，只要有真誠的愛，就是親子間最佳的使用方式。

想解釋一件事，以說明書的條列方式表現，能達到「簡潔、一目了然」的效果，也製造出權威、具效用的感覺。柔軟人文的親子感情，卻以剛硬、理性的說明條文來敘寫，反而帶來反差妙趣，也有集中力道的作用。

但是不能只愛孩子，為人父母或其他相關大人也該留點空白，讓孩子反過來也能愛你。意思是愛並非單向，必須雙向互動才具意義。所以最後一條，列出的對象是「小孩以外」；這也讓全詩結尾時打破單一內涵的單調感（一到九十九的對象是小孩）。

一起來寫詩

以條列方式，找個對象來寫，可以是具體的人或事物，也可以是抽象的。比如：媽媽的使用說明書、聆聽的使用說明書、快樂的使用說明書。

參考例句：

〈一朵雲的欣賞說明書〉

動作：躺著，或抬頭

眼神：專注，或不專注

開窗

「請幫我開窗。」

「不可以出去，乖乖待在屋裡。」

「請幫我開窗。」

「我現在很忙。」

「請幫我開窗。」

「不，外面風太大了。」

「為什麼不幫我開窗？」

「因為我曾經在窗外遇見可怕的東西。」

我站起來，走到窗邊，

聽見窗外有一對翅膀拍拍的響。

我打開窗，就這麼簡單。

這首詩在寫什麼呢？

這首詩要表達的主題是「靠自己」與「行動」。

前四段是對話，請求別人幫自己開窗。對方的回答，是有層次的。

1、不可以出去↓直接否定

2、我現在很忙↓找藉口

3、外面風太大↓假裝是為自己好

4、窗外遇見可怕的東西↓否定的源頭是：原來曾經有壞經驗，所以否定一切。

窗，被稱為房屋的眼睛。設定為「開窗」，有打開眼睛看見外界的用意。

至於最後當自己準備採取行動，靠自己打開窗，先聽見「翅膀拍拍的響」，為的是表達「窗外可以自由飛翔」的意思。如果寫成「窗外有汽車叭叭的響、窗外有小販叫賣東西的熱鬧」，雖然也是聲音，但要表達的意念就完全不同了。

一起來寫詩

試著以「主動比依賴別人好」當主題。

參考例句：

請幫我寫一個字……

請幫我畫一幅畫……

請幫我打開一本書……

我給得起

我可以給媽媽一個大大的擁抱，
跟我身體一樣大的大。
這個禮物我給得起。

我還能給爸爸一個最甜的微笑，
可以甜滿一整個糖罐那樣的甜，
這個禮物我給得起。

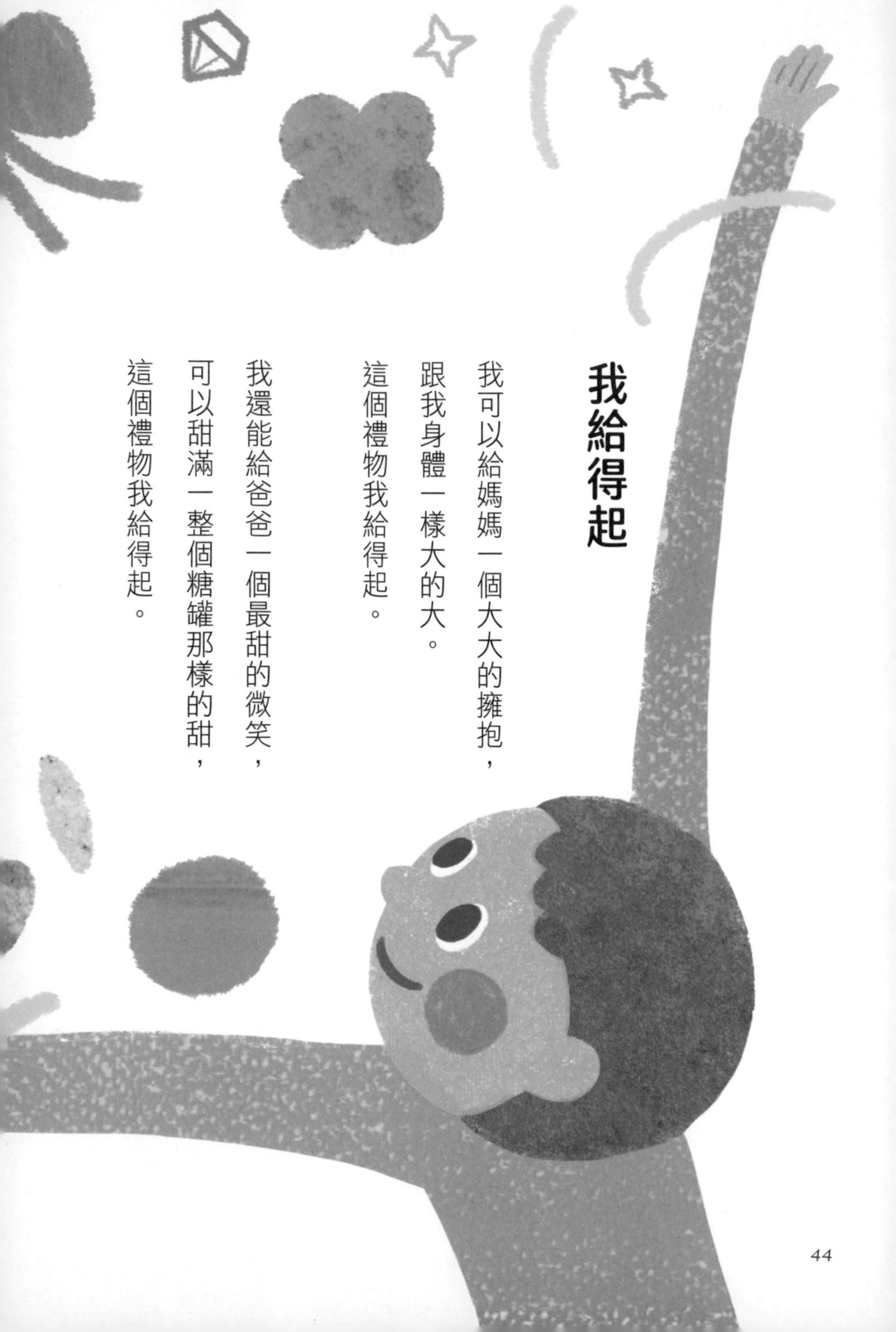

我能給路邊的樹，一次很慢很慢的深呼吸；
我能給天空，一次很專心的看。
我能給我的朋友，一隻認真聆聽的耳朵，
我能給我自己，知道這些我給得起的快樂。

我給得起這麼多，於是我什麼都有；
有些人什麼也給不起，有些人說他什麼都沒有。

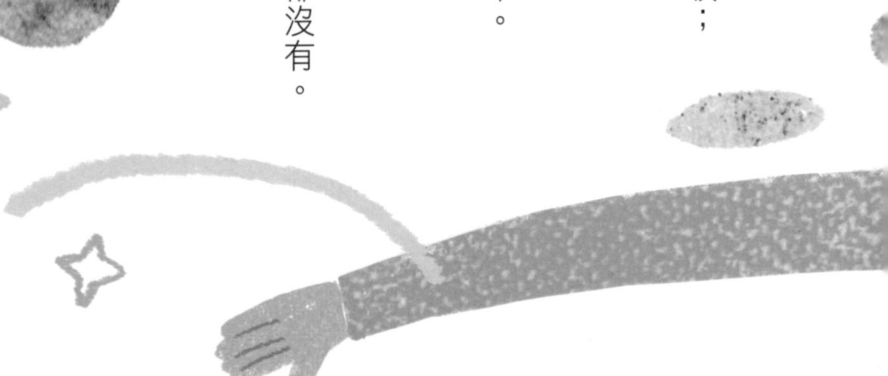

這首詩在寫什麼呢？

這首詩的主題是「知足、享受生活」，才能得到自己所能真實擁有的快樂。快樂分為物質的、精神的，也分短暫的、長久的。起初，也許我們總想追求物質的，多一點錢，吃貴一點的食物，穿高級的服飾，最好還能住頂級豪宅。如果有人認真工作，為家人掙得舒服的物質享受，當然也值得嘉許。可是，如果一輩子只追求這種物質需求，不成功便覺得痛苦萬分，又何苦呢？

轉念想想，媽媽需要的，是孩子充滿熱愛的擁抱，這樣的親密擁抱，對媽媽來說，保證勝過昂貴的華美衣裳。對爸爸來說，孩子甜滋滋的笑，也比一頓奢華大餐來得高級。

人與人之間，絕對可以互相給予許多精神鼓勵，不輸物質享受。就算是年紀小的孩子，一樣能給他人價值連城的東西。比如本詩中的認真傾聽朋友說話、專心欣賞天空之美。

當我們意識到：自己其實給得起許多既簡單又實用的禮物，反過來說，我們一定也希望收到這樣禮物吧。不要整天只想著以金錢才能換取的快樂，得不到就哀聲嘆氣。可能的話，也盡量散播快樂能量，讚美他人、感謝別人的幫忙、對愛你的人回報同樣的愛。這些都是我們給得起、也十分珍貴的人生贈禮。

一起來寫詩

想想自己可以為身邊的人做什麼，給得起什麼禮物。以做得到的、精神上的、能給他人正面能量的為主。一旦發現自己給得起這麼多，確認自我價值，生活必定充滿陽光，無比歡樂。

參考例句：

我可以給媽媽一日一美言，不必查字典，因為
這些話媽媽也天天對我說。

那時

那時有座小池塘，那一天月光很吵
那一年我真小，小得以為月亮是枚銅板
買得到永遠的媽媽懷抱，懷抱中的永恆溫暖

那時有座大山，那一天山風很低調
那一年我真小，小得以為山就是不動如山的山
永遠在某個地方，等我回家好好睡個覺

現在，我不小了
我知道了永遠是個永遠的謊言
沒有什麼是理所當然，沒有一直都在的這種方便
一走遠，有些山便小得不能再小
甚至傾斜
一離開，有些懷抱便溫度下降
那時的以為
現在已經了解

了解長大是回不去的小池塘

這首詩在寫什麼呢？

這首詩雖然乍看好像寫的是回憶童年，並感傷時光無法倒轉，再度回到童年；但其實也表達：詩，不見得只能寫快樂的、陽光的、充滿希望的。真實的人生，不可能時時刻刻都完美，所以，不妨說，這首詩是在寫生活中也有失望，並知道有些事不可能永遠美好。

然而，正因為失望，才能更珍惜曾經有過的美好。

但要注意，想要寫生活中的不滿，不能只淪為發洩、痛罵。當然，有時寫得引起讀者共鳴，也能讓有相同處境的人，藉著詩句，抒發一下心中苦悶。但若一直都是負面、灰色、絕望，這樣的詩，對讀者無特別意義，還可能更深化讀者的痛苦。

本詩從小池塘到大山，呈現的畫面從微小到龐大。當我們回憶時，經常會這樣：先想到細節、小處，再慢慢聚攏、擴散到大局面、整體。寫有畫面感的詩句時，不妨從小細節寫到全景。例如：月光↓池上月光

↓池塘邊草地↓草地背面的大山。

本詩從小池塘開始，象徵童年的小。到離開之後，意識到雖然月亮還在，大山也在，但是月下的人，山中的人，已經不一樣了。長大之後，當然還可以再回到小池塘與大山之中，不過，心中的感受絕不相同。

如果小朋友年紀還小，現階段還未能體會長大後「想回到童年」的渴望，不妨從另一個角度，反思「童年渴望長大」。試著寫一首「那時」，想像一下自己長大後的那時，會是什麼模樣？

甚至也可想像，當自己有一天長大之後，如果回頭憶起童年，會最懷念什麼？遺憾童年沒有得到什麼？

一起來寫詩

練習找一小一大兩個象徵物，來代表自己的童年。比如：最愛吃的一碗甜湯（小），到賣甜湯的熱鬧街道（大）。練習從小細節，寫到大場面，且必須扣著對童年的懷念。

參考例句：

我的五歲，是一碗甜滋滋的湯圓，
熱呼呼，將心都燙得暖、燙得舒坦。
長大後，湯圓還是甜，還是燙，
只是，當時恰到好處的甜，如今成了咒語，賦與發胖。
原來，童年法力高強。

part 2

我思考所以我存在

你要的

你要的是貓咪的喵還是小狗的汪汪叫？
你要的是一棵樹還是一片落葉？
你要的是一座海還是一粒沙？
你要的是一個字還是一個故事？
你要的是一個玩笑還是一滴眼淚？
你要的是一個問題還是一個答案？

你要的是你自己，還是所有人？
或是你什麼都要，也都不要？

這首詩在寫什麼呢？

這首詩的主題是人生的態度，也可以說是價值觀。人每天都在做選擇，從生活小事到重要大事，選什麼，便意謂著我們看重什麼。

選什麼可能沒有標準答案，更可能是：我們經常在改變自己的選擇。昨天喜歡貓咪，說不定今天變成喜歡小狗。這無關對與錯，只是證明人心善變，我們必須知道自己有很多可能。

本詩中的每一句都列出兩種選項，是以「相反」的兩面來陳列。活生生活的樹，對比已落下的葉子；無邊無際的海洋，對比渺小的一粒沙。以提問方式來寫，是希望表達出「從思索該選什麼到決定選什麼」是經過深思熟慮的。經常問問自己，提醒自己多思考；在不同選項、甚至對立的相反選項，去想出各種好與不好。

一個思想寬闊的人，不會永遠只在狹隘的觀念裡，被綁住手腳。人應該接納各種美與不美，練習欣賞人生的各種風景。綠意盎然、充滿生機的大樹，是一種健康的美；生命已到盡頭的葉子，靜悄悄落下，化作養分，滋養大地，也是另一種美。

詩句最後的大哉問，是「要自己，還是所有人」，當然就是小我 vs. 大我的思考。「什麼都要，還是什麼都不要」更是終極的人生價值觀。再強調一次，選擇什麼，會因人、因時，因各種理由而異；重要的是，我們預先想過，便知道人生就是一連串的改變與可能。

一起來寫詩

本詩全部以相反的兩項陳述，來製造出「天平的兩端」那種對比效果。你也可以用這種方式，練習寫出對比的句子。

參考例句：

你喜歡夏天金色陽光，還是冬季皚皚白雪？

你選擇黑色的夜晚，還是有陽光的彩繪？

都有用

門，是用來出門的。

床，是用來上床的。

臉，是用來洗臉的。

手，是用來牽手的。

路，是用來走路的。

樹，是用來種樹的。

心，是用來開心的。

家，是用來回家的。

你，是用來抱抱你的。

這首詩在寫什麼呢？

這首詩乍看像是在玩造句遊戲，以創意來玩語文。但還是有個核心主題，就是溫暖與勇敢前進。

所以，門雖然可以造出關門、鐵門、鎖門、大門等詞句，本詩卻選擇「開門、走出去」。走出去才能迎向世界，無畏前進。床，代表累了，可以上床好好休息，又是一種擁抱式的、全然接納的溫暖。

依此類推，本詩所選的每個字，所延伸出來的句子，其實都富有象徵意義，不是隨意造出的詞句。讀者不妨細想，洗臉、牽手、種樹……，各代表什麼意義。

寫詩，若能以創意方式進行，甚至有遊戲精神，才能讓讀者耳目一新。

一起來寫詩

先找出可以順利造句的單字，最好鎖定每個句子組合起來，可以串成一首主題集中的詩。不要太零亂，一下子講環保，一下子講親情。比如本首詩，一開始便設定造的句子都要跟溫暖、前進有關。

參考例句：

信，是用來期待收信的。

林，是用來走進森林的。

白馬不是白的

月亮是綠色的，
石頭是可以吃的，
椅子是會飛的，
天空是踩在腳下的。

白馬不是白的，
黑夜不是黑的；

眼睛不是看的，
嘴巴不是說的。

漂亮是不漂亮的，
簡單是不簡單的；
我說的都是真的，
你猜的都是對的。

這首詩在寫什麼呢？

這首詩的主題在寫想像之美，與善用想像的重要。想像是身為人類最可貴的資產。地球上，人是唯一有虛擬想像能力者，所以，該好好發展這份能力才好。文學，是運用想像的美好成果；詩，更是極盡想像的文學。這首詩，便在鼓勵你盡情的想像。

在想像中，有沒有可能椅子可以飛？當然可以，不論你的理由是什麼。有的人說飛機上的椅子就在飛啊，這是事實；也有人說仙女坐的是飛天椅，這是想像。只要你說得出理由，有何不可呢？

至於白馬不是白的、簡單是不簡單的，有點哲學層次了。不過，我聽過小朋友有妙答：那只是一隻姓白的黑馬，所以白馬先生是黑的。多有趣的想法！小朋友還說：對美洲豹來說，跳躍很簡單，但是對鱷魚來說，跳躍就不簡單了，所以簡單是不簡單的。

只要有想法，就是好想法。所以詩的最後結論是：你猜的都是對的。願意想，便是好事。

一起來寫詩

發揮想像力，寫出乍看不合理、不合常情，但也許有可能的趣味詩句。

參考例句：

白天是黑漆漆的……

小螞蟻是巨大的……

開心是不開心的……

不甜

沒有鹽，湯不會甜
沒有樹，空氣不會甜
沒有鳥兒，森林的耳朵不會甜
沒有咖啡，爸爸的臉不會甜
沒有音樂，媽媽的笑不會甜

沒有休止符，一首歌會太累
沒有閉上雙眼，心會跑得太遠
沒有書，我的眼睛空空的，沒有滋味
有了詩，世界會有一點苦一點酸一點辣
沒有詩，世界會太苦太酸太辣，
沒有一絲甜

這首詩在寫什麼呢？

這首詩的主題是，不論什麼都需要恰到好處的調味料。此處的調味料，可以是具體的東西，比如湯、茶、咖啡；也可以是抽象的比喻，比如心、詩句。

湯品中如果完全不加鹽，其實不好喝；加入份量剛好的鹽，才能提出食材的鮮美。至於樹木，製造新鮮氧氣，才有辦法讓空氣嗅到清甜，讓人精神百倍。鳥語讓森林有了幽靜的感覺；咖啡與茶，讓爸爸媽媽精神一振。所以，整首詩中的甜，只是一種象徵，代表那些會帶來愉快的、甘甜的感受，並非狹隘的專指糖的甜味。

第一段全部以「沒有甲，就沒有乙」的雙重否定句，負負得正，帶出想要的肯定：所以必須有甲；沒有音樂，媽媽的笑不會甜，所以必須有音樂。

到了第二段，則是「沒有甲，於是得到乙」，改另一種描述手法，不說否定，改成肯定，但這種肯定，並非想要的，所以反而是否定。沒有閉上雙眼，讓心靈休息一下，心就會像脫韁野馬般，跑太遠，跑得氣喘噓噓，跑得無法靜心思考。所以，就像一首歌中，必須有休止符般，帶來美好的暫歇小憩。

前兩段刻意以不同的描述手法，讓全詩不會太枯燥，語法缺乏變化。如果每一段都採用相同技巧，不斷重複，會顯得無聊無趣。

最後一段，則希望以有點哲學意味的方式，表達「人生有一點苦、一點酸、一點辣，其實比較好；恰到好處的人生百般況味，才能顯出苦後的甘甜。」因此，最後一段的詩，背後真正的意義是「人生的調味料」。

一起來寫詩

這首詩以甜，來寫人生。想想，如果以吃東西的各種感受，比如：味道、打嗝、嗆到、飽、餓等等，也可以用來比喻生活各種處境，會讓人感同身受，也很生動。例如，打針的時候，像喉中吞下一根刺；欣賞抽象畫家：蒙特里安很有規律的線條畫，像是一口一口慢慢吃著冰。請練習將生活事件，以吃東西的五感體驗來比擬。

參考例句：

明天要考試，我的大腦卻餓得像皮包骨。

放學時，街道的夕陽向我揮手道別，像杯酸中帶甜的烏梅汁，也許，它知道我過了酸中帶甜的一天。

重要

糖果很重要，巧克力很重要，

鹹鹹的鹽，重不重要？

爸媽很重要，朋友很重要，

但是還有一個人更重要。

眼睛很重要，肚子很重要，

摸摸眼睛，摸摸肚子，還有哪裡也重要？

睡覺很重要，醒著很重要，
在半夢半醒之間，重不重要呢？
沉默很重要，大聲說出想法也重要，
在說與不說之間，還藏著什麼珍寶？

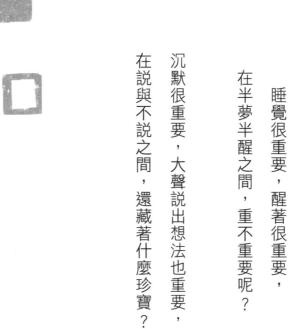

這首詩在寫什麼呢？

這首詩的主要任務，便是哲學思考；思考我們的人生，有什麼優先順序。所有的事，一定可以排出先後嗎？排出來之後，能不能更改？今天重要的事，會不會明天一點兒都不必在意了？這首詩的概念，與本書另一首〈你要的〉類似。

糖果與巧克力都是甜的，因此，不甜的鹽，重不重要？開頭這一段，便在提醒讀者：有時性質相反的東西，可能一樣重要，不可以因為喜愛甲，便排斥對面的乙。

爸媽代表家人，朋友代表與生活中與我們相關的人。我們當然會將親友放在重要的位置，但是，還有一個人更重要，那是誰？

眼睛代表看見的世界，在這首詩裡，也象徵外在的一切。肚子是用來裝入我們的飲食的，吃東西才能填飽肚子。所以，除了關心我們所處的外在世界，以及自己的生活基本需要（足以溫飽），身體還有哪個地方也很重要？可從這個器官所賦予的功能去聯想。

睡覺象徵不知道發生什麼事，醒著象徵看得一清二楚，所以在半夢半醒之間，意思是「明白與不明白」之間，還有重要的什麼呢？

這首詩提出許多問題，且都以兩個對立的選項來表達。是希望提醒大家，人生中許多選擇，沒有絕對的是非對錯。重要、不重要，可能因為時空轉變，也更改了。

一起來寫詩

找出對立的東西，想想在二者之間，有沒有存在第三種重要的東西？建議先列出具體的，或是微小的，再延伸到抽象的、龐大的。

參考例句：

伸手要糖很重要，遞給他人糖果也很重要，在得與贈之間……

蔚藍天際很重要，金黃大地很重要，在天與地之間……

猜一猜

紅紅的，圓圓的，香香的，但不是蘋果。
黃黃的，熱熱的，亮亮的，但不是燈泡。
白白的，軟軟的，甜甜的，但不是棉花糖。
黑黑的，細細的，長長的，但不是你的頭髮。
遠遠的，小小的，閃著光的，但不是星星。

猜一猜，看一看，
可以有答案，也可以不是這個答案。

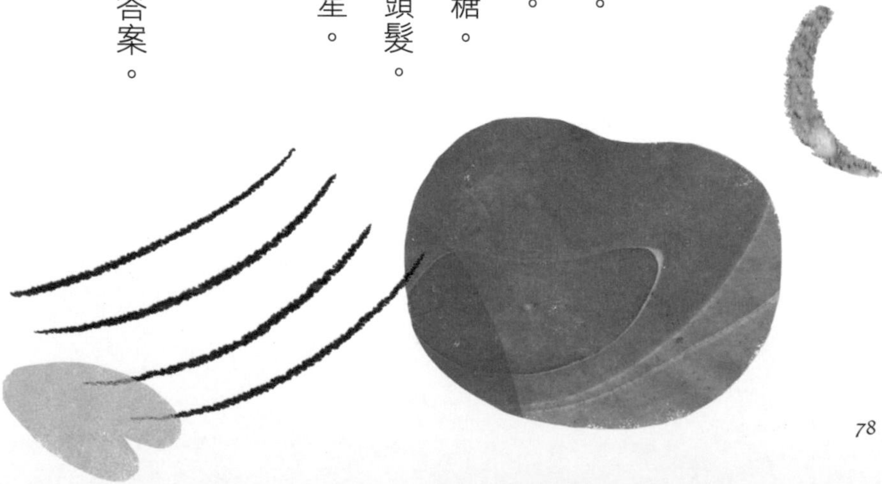

這首詩在寫什麼呢？

這首詩玩的是趣味的想像遊戲。每一句就是一道謎題，以疊字製造讀起來很輕快、富節奏的感覺，還故意說一個大家可能以為的答案，並先否定它。於是，讀者只好再想其他的可能解答。

所以，這首詩也在練習如何觀察、分析、歸納。世界上有許多東西是：紅紅的，圓圓的，香香的，許多人第一個想到的，應該是蘋果，但是我卻要讀者先刪掉這個解答，更寬闊的去試想其他可能，這有助於眼界的延伸。

至於這首詩的每道題目，有標準答案嗎？當然沒有。甚至，我還希望大家想一些「不一定是存在的具體東西」，而是抽象的解答呢。比如：遠遠的，小小的，閃著光的，可不可以說是：遠方媽媽正在想我的心？

一起來寫詩

以本詩相同的格式，也來出題讓別人猜一猜吧。不一定要三個字，也不一定要使用疊字。不過，為了整體性，最好每一句都有類似的句型，但可以其中一句或最後一句，打破這個規律。

參考例句：

軟軟的毛，適合慢慢的摸啊摸啊，會是什麼呢？

粗糙的紋路，在手中一點點痛，又是什麼呢？

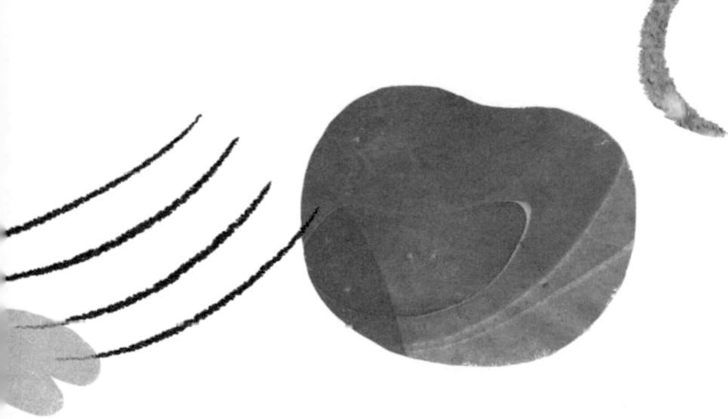

中間

山谷，
在這一座山和那一座山中間。

夜晚，
在這一個太陽和下一個太陽中間。

今天，
在昨天與明天中間。

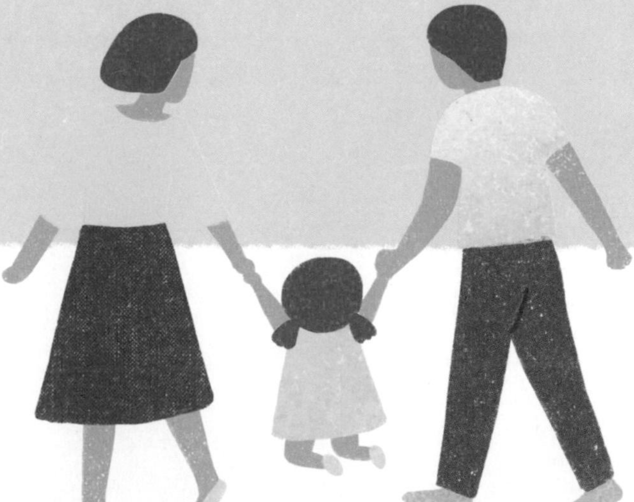

我，

在爸爸和媽媽中間。

眼光，

在前一頁與下一頁之間

勇敢，

在上一次跌倒與下一次摔跤之間

快樂，

又是在哪裡的中間？

也許在背後，或是在前？

這首詩在寫什麼呢？

這首詩很明顯寫的是關於「位置、時間、關係」的描述，寫夾在某甲與某乙中間的人、事、物。全詩的鋪陳，依著具體的地理位置開始，依序到時間、人，然後是抽象的感覺。

中間是個有趣的位置，它當然是相對的、會改變的。我們也可以改成白天在前一夜與下一夜之間；或是媽媽夾在家與辦公室中間，爸爸在往南工作與往北工作中間。根據個人對身邊人與事的觀察，寫下這些生活中的角色，他們所在的處境與心境。

詩當然不能只是一直在指出兩物中間有什麼。本首詩仍圍繞著孩子的生活為主，從眺望大自然、感悟時光流逝（不斷的有今天、明天），到家人、讀書（眼神專注在書頁之間），偶而失敗受挫、又再勇敢站起。

類似這樣依序鋪陳開展的詩句，最重要的當然就是該如何收尾？總不能一直在描述。所以，可以在最後一段跳脫原有的詩句模式、打破框架。因此本詩的最終句，以大家都渴望的快樂為扣問，邀讀者想想生活中的快樂在哪裡？它會在什麼之中，甚至早就有快樂（在自己背後）而不自覺？還是仍在遠方等著呢？不給答案，留下懸念。

一起來寫詩

可以想想如何從具體的物品、地理位置、人物、事件、感覺等，舉出有哪些關係是夾在一起、密不可分的？記得最好有個中心概念，比如某個人的生活，或是以龐大浩瀚的宇宙為描述對象也行。

參考例句：

雨點，在天空與大地中間。

成功，在第一次嘗試與無數次嘗試中間。

喜歡

在黑色與白色之間，你喜歡
白一點的黑，還是黑一點的白？

在大與小之間，你喜歡
大裡面的小，還是小裡面的大？

什麼事都有兩面，
皺著眉頭在左邊與右邊選擇。
在快樂與不快樂之間，你希望
快樂中帶一點不快樂，還是不快樂中帶一點快樂？

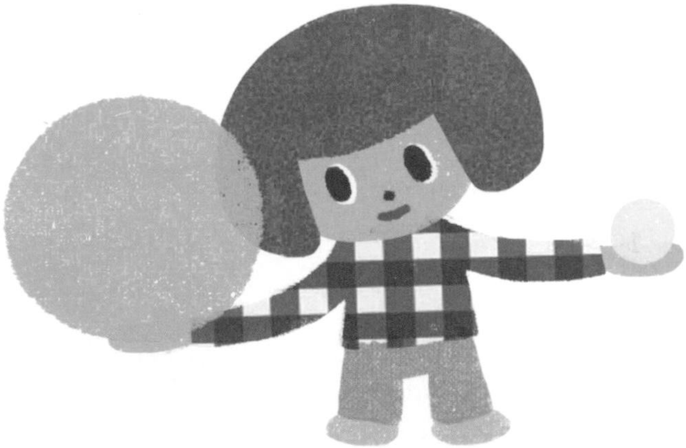

這首詩在寫什麼呢？

本首詩應該很清楚易懂，主題便是「什麼事都有兩面」。詩，到頭來最常被寫的，往往就是對人生的領悟、理解。生命中的對與錯，如果認真思索，有時真的是「對中亦有錯、錯中亦有對」，並沒有那麼絕對呢。

開頭以顏色來寫，且不寫其他色彩，只挑黑與白，當然有其象徵。以黑、白意喻對與錯、光明與黑暗。可是，人生中不可能全黑或全白，總是多元的、多種可能的。沒有一個人絕對完美或絕對萬惡不赦，都是相對的。白中有黑，黑中有白，不如想想，我們比較想要接受什麼？

接下來的大與小、快樂與不快樂，就是將一件事的兩個極端放在一起，提醒兩面之間，我們要的是什麼？或是我們遇到的、面臨的是哪種狀況？

有些工作，雖然做起來不快樂，但是過程中偶爾有樂趣，或是過程雖然不快樂，但是結局是快樂的。快樂中帶一點不快樂，還是不快樂中帶一點快樂，到底哪種比較常見？

讀完這首詩，也可藉此思考，平時我們是否太迅速將一切事物「論斷」，用簡單的二分法，來評論是是非非？

一起來寫詩

先列出可以寫的兩個相反極端，或是不必二分法的兩端，只是兩種不同之物，比如蘋果與橘子、文學與科學、甜美與苦澀、快與慢、圓與尖、善與惡、光與暗等，再將它們依自己決定的順序，從具體物寫到抽象的感覺。

參考例句：

你喜歡一是一、二是二，還是一不一定一、二不一定要二？
你喜歡晴空裡的一朵小雨點，還是滿天雨珠中口袋的一張卡片？

我懂了

在紅色面前，黃色有點害羞，
它覺得自己少了點什麼。
在白色面前，黑色有點害羞，
它覺得自己多了點什麼。

在瀑布面前，小溪有點害羞，
它覺得自己少了點什麼。
在沙灘面前，大海有點害羞，
它覺得自己多了點什麼。

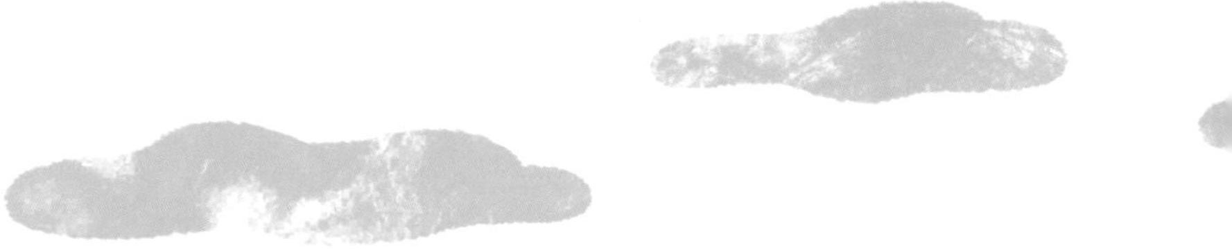

在雲朵面前，小草有點害羞，
它覺得自己比不上雲朵的自由。
在小草面前，雲朵有點害羞，
它知道自己一段時間後，什麼也沒有。

黃色懂了，小溪懂了，大樹也懂了。
我可能也懂了。

這首詩在寫什麼呢？

這首詩的主題是「不必與別人做無謂的比較」。天生我材有沒有用，到頭來還是得靠自己多耕耘。但是不努力，只怨嘆自己比別人少了點、或多了點，卻毫無幫助。全詩以兩物一組來對照相比。對黃色而言，紅色比它彩度更高，黃比紅好像少一點色彩的厚度。對黑色而言，白色清爽輕盈，黑色相對看起來比較沉重，黑比白就多一點重量。

小溪覺得不如瀑布的快意奔騰，大海又覺得不如沙灘的可親可近。將萬物擬人化，對比出彼此之間，各有所長、各有所短，正意味著每個人也一樣，比來比去，總不可能對自己完全滿意。

因此，小草與雲朵這一段，便彼此明白對方與自己的優點與缺點。對小草來說，無法有雲朵的自由，卻保有自己站立在真實大地的存在感。對雲朵來說，可能一下子便風吹雲散、了無痕跡，無法有小草長時間都在的存在感；但好處是能東飄西盪，彷彿長了腳般自由走動。

最後一句的「我可能也懂了」，雖是知道各有優劣，但可能下一瞬間，又忍不住想與別人比較吧。所以說「可能」，意在提醒自己也會「不可能」，人生永遠是需要磨練的長期課題。

一起來寫詩

以兩兩一組來做比較，且兩者必須是同類型的物件。比如大人與小孩，或夏天與冬天、白天與黑夜、螞蟻與大象、瘦小與高壯等。最後一句可加入自己的結論，比如：你認為天生萬物平等還是不平等？

參考例句：

「開始」覺得自己很渺小，因為一開始，之後就沒有它的戲份，不如結尾，會留在眾人的回味。

「結尾」覺得自己很渺小，不如開始，因為所有的劇情，都是因為開始給了後來的路線。

存在

吃下去就不存在的是饑餓
喝下去就不存在的是口渴
起風了就不存在的是炎熱

張開眼就不存在的是暗黝
人來了就不存在的是寂寞
繼續走就不存在的是荒謬

說出來就不存在的是沉默
想起來就不存在的是困惑
寫下來就不存在的是錯過
不要錯過　不想錯過
寫著寫著　真實活過

這首詩在寫什麼呢？

這首詩雖然每一句都出現「不存在」，但其實真正的主題便是「存在」，等於是以否定的方式，來陳述肯定。

仔細想：吃下去就飽了，所以饑餓便不存在，因而這句話最重要的便是沒說出來的「要吃下去才會飽」。之後的每一句都相同。例如：繼續走（往前行）才不會荒謬，停下來不動才是荒謬。

又如「說出來就不存在的是沉默」這一句，重要的便是提醒我們「說出來」；把自己的想法說出來、把心中的抗議說出來、無比的感謝也要說出來；能勇敢表達自己思考的，才是真正的勇士。千萬別緊閉著嘴，什麼事都沒意見。

將「寫出來就不存在的是錯過」放在最後一句，是為了突顯書寫、記錄的重要。最重要的事，如果沒被寫下，成為千古傳承的記錄，便灰飛煙滅，成了風中的灰燼，後人會錯過曾有的光輝。

因此，想要讓重要之事真實存在、長久存在，就得如本詩說的：張開眼（注意看）、說出來、寫下來。

詩到底要不要押韻？其實不一定。但有時候因為押韻，讀起來很好聽，產生一種美好的節奏感。本首詩有押韻，不妨讀讀看。

一起來寫詩

試著以本詩示範的「否定」法來寫肯定，將想說的話列出來，再以它的相反面去寫，方法是「甲=否定甲的相反」。比如：日出了便不存在的是暗夜；或是：打開燈，暗黑消失。

參考例句：

睡著了便不存在的是疲累，
回家了便不存在的是鄉愁。

跳過

晴空下飄著一朵烏雲，跳過；
玫瑰上有隻蒼蠅，跳過；
蝴蝶在一片碧綠跌倒了，跳過。

趕不上最後一碗紅豆湯，跳過；
昂首的風箏忽然跌進樹叢，跳過。
你急得像熱鍋上的螞蟻，
但螞蟻說他根本不急，跳過跳過。

唱錯一節音符，跳過。
寫歪了一行字，跳過；
有人說這一切都不對，跳過，跳過。

我跳過發臭的水溝，
我跳過你的搖頭，
我不累，我一直跳著，
下一步要跳到無人能給的快樂。

這首詩在寫什麼呢？

這首詩的主題是「莫執著於一時的不如意」。生命中哪可能萬事如意？總會有挫折時、沮喪時；該抱持何種心態面對，才是重點。

前三段寫出各種不同的挫敗或掃興時刻。高雅玫瑰上嗡嗡飛來繞去的蒼蠅，光想著這畫面就覺得很煞風景，在詩的技巧中，就是營造出一種令人不愉快的「意象」。蝴蝶在碧綠草原自在翩舞，本來有怡然快意效果，然而蝴蝶竟然摔落、啪一聲掉落，也令人不忍與錯愕。你對熱鍋上的螞蟻感同身受，覺得牠們應該十分心急，螞蟻卻否定。有點像是你對人致以同情，對方卻不領情。這也讓人沮喪失落。

面對生活中這些灰暗的點滴，要跳過。本詩使用「跳過」作為擺脫不愉快的動作，意思是要用點力氣、一躍而過；不是慢吞吞的走過。跳過這些打擊，而非沉淪在生命險惡的漩渦，或跌入那些發臭的水溝中。跳躍的動作，有一鼓作氣的勇敢力道。

一起來寫詩

想想自己是否曾遇過什麼挫折？練習以比喻的方式，或象徵手法表現。盡量不直白說出事件本身，或雖然陳述事件，但將動詞變化一下，甚至可以直接將名詞做為動詞使用。例如：「某日天色昏暗，我的直排輪一點都不直排輪。」不見得真的是在寫「陰天溜直排輪」，天色昏暗是象徵那天的心情不佳，因為直排輪溜不出該有的直排輪水準。

同時想一個如何面對這些挫折、你認為最好的行動。飛過還是踢開？或直接使用「跳過」亦可。

參考例句：

嶄新白衣上，被墨汁小楷了，跳過。

乾爽髮絲上，被雨水傾盆了，跳過。

part 3

我為什麼寫詩

我為什麼寫詩？

我想寫蘋果在鼻尖的香氣
我想寫窗前一隻貓走過去
我想寫關於一朵雲，或一陣風
或是忽然想起，想起
想起你對我說：你不會忘記。

橋底下，流水輕聲說著謎語
遠遠的山上，有人在慶祝，還是在嘆息？
火車載著誰去找誰，還是帶去一盒子的回憶？
電話響了五聲就停，有什麼祕密？

什麼是美，什麼是除了美之外？
什麼又是該與不該？
我看見一切，我想寫下這一些。
寫下的詩，讓屋裡的燭光不會滅。

這首詩在寫什麼呢？

這首詩題目雖然說的是寫詩的理由，但是如果廣義來說，也在闡述為什麼需要文學、藝術。

詩到底有什麼用呢？不如先想想，人生除了吃飽穿暖，還需要什麼？

以實用而言，詩，乍看好像不能當飯吃，不過，曾有人說過：「詩，不是麵包，但能讓麵包吃起來更香。」意思是：除了實用之外，我們也需要精神上的、感情上的東西。抒發心靈的詩是重要的，正如波蘭的諾貝爾獎詩人辛波絲卡著名的詩句：「我偏愛寫詩的荒謬，勝過不寫詩的荒謬。」

比如本首詩一開頭說的「蘋果的香氣」。當我們嗅到空氣中傳來水果芳香，一定都心情愉快。香氣本身並不實用，可是卻有助於提升好情緒。詩與文學、藝術，便具有此種效果。

因此，本首詩所列出的，其實都是某種心情、某種感覺。例如：看見窗前有貓走過去，可能會引發遐想：牠的腳步好輕，牠將往何處去？或是聽見流水聲，彷彿正有人在說些什麼。

為什麼寫詩？每個人有不同理由。有的人是因為快樂而寫，有的人是因為悲傷而寫，總之都是心情的描述。

但是整首詩如果只是列出一堆寫詩的原因，未免無趣。所以最後一段，給了寫詩一個有點哲學意味的結論：把看到的、對人生的觀察與體會、省思，寫下來，便永遠發光發亮（燭光不滅），被看見與記住了——至少自己記住了。

一起來寫詩

列出生活中會讓自己心情激動、或讓自己很有感覺的時刻。這些感動與深思，便是寫詩的好理由。可以從具體小事開始寫，想想生活中哪些小片段讓你覺得：好美、好動人，甚至好心疼、好可憐啊。

參考例句：

詩就是今天出門，被一朵花打在臉頰；

詩就是月兒圓，卻忽然被一朵雲切開。

很久以後

很久很久以後，哪顆球還被拍著？
哪一雙眼，還被另一雙眼溫柔望著？

哪棟大樓還挺立著；哪棵榕樹還撫著長長鬍子笑著？

很久很久以後，鳥在飛嗎？魚在水裡嗎？
孩子的孩子，吃飽後睡在哪裡？

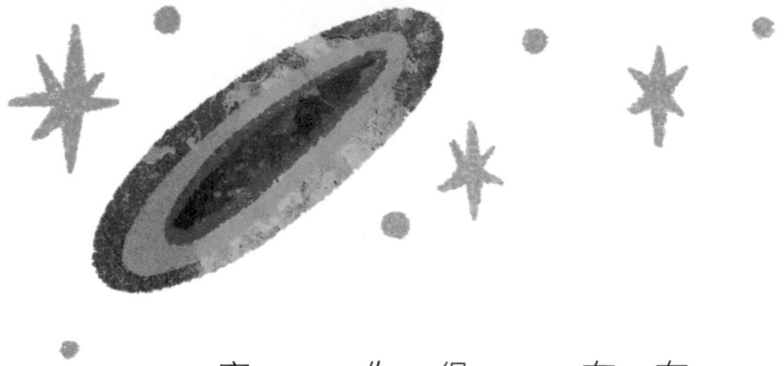

很久很久以後，有誰還踩著舞步？
有誰還對著月光討論心碎的緣故？

有誰記得傳誦千年的記得？
有誰捨不得失去的獲得？

很久以後，星辰可能仍是星辰，天空可能還在天邊，
你和我，已經消失不見。

寫下這首詩，我就出現。

這首詩在寫什麼呢？

這首詩寫的是「書寫最能接近永恒」，當所有的東西都消失，寫下的記錄，比較有機會保存，並得以流傳。

既然談的是時間，本詩的內容，便皆以與時光相關的物事，依時間的短、長順序呈現。結構上也採取具體到抽象的鋪陳。

第一句中被拍著的球，帶出一種規律的、但也愈來愈弱的拍球聲，營造出彷彿「時間心臟」的跳動感。

接著是壽命不長的人類，曾深情對望的眼眸，在時間洪流中也只是短暫一瞬。

高樓、老樹，是否會再演化為不同型態的魚與鳥等眾生物；這幾句的描述，在時間上已拉開到數百年甚至數萬年。孩子的孩子、未來的人類，又會如何呢？

從生存或消失說起，接著論及人的情感；將來的人類還會有情緒，會快樂起舞，或對著月亮圓缺感傷嗎？

總有一天，現在的你與我都會煙消雲散，但是當我寫下這首詩，一直傳誦下去，當它被讀著時，寫詩的我，便出現了。

一起來寫詩

列出可以用來描述時光流逝、想像未來的元素，依自訂的規律安排順序。例如：從短暫的「十年以後」到長遠的「萬年以後」。

想出一個你認為可以超越這些時間，最接近永恆的東西或事件。做為詩的結尾。

參考例句：

很久以後，春夏秋冬還是春夏秋冬嗎？
很久以後，擊鼓是為了歡頌誕生還是哀慟逝去？

只有我一個人

我希望這世界只有我一個人
每一棵大樹是我的
每一次日出是我的
每一場大雨也都是我的
我希望走在沒有人的路上
哼著只有我聽懂的歌
就算沒有人懂又有什麼關係
這個世界只有我一個人

然後我可以閉上嘴
不需要對任何人説話
整天躺在靜悄悄的地面
不需要工作，不會覺得對不起誰
這個世界只有我一個人
我對不起的只有自己

但是，我還希望有另一個人
這樣才有人聽我説：我希望這世界只有我一個人

這首詩在寫什麼呢？

這首詩在寫人心中的矛盾。我們常希望世界上唯我獨尊，自己自由自在，不必被其他人管，也不必有許多該盡的義務。每一棵大樹是我的，每一次日出是我的，從具體的物件（大樹），到自然現象（日出），都屬於我一個人擁有，這該有多快意，多偉大！

第一段寫出擁有一切的快樂，第二段則寫不必理會其他外在干擾的快活。在表現手法上，比較有層次：快樂不是擁有一切，還必須不管一切。如果只是一直寫自己擁有這個、那個，在手法上會太單調乏味。

但是，只剩自己一人，真的是最大勝利嗎？孤獨雖然代表唯一的我、只有我，但也代表寂寞。如果沒有觀眾的掌聲，臺上的任何勝利總是有點虛空吧。所以，最後兩句來個大轉折：希望還有一個人，聽自己快活的訴說這種勝利。製造的矛盾效果，便是希望讀者深思的地方。

一起來寫詩

一個人的時候，給你什麼感覺？是孤獨，很安靜，還是寂寞？練習寫寫只剩自己一個人的時候，能做什麼，得到什麼，又失去什麼？

參考例句：

我想要一個人靜靜的……

我不想一個人靜靜的……

一個人在路上，很……

我喜歡自己一個人……我不喜歡自己一個人……

還有呢？

園中蝴蝶是美麗的，
以及林中翠鳥、沒有被摘下的玫瑰，
還有呢？

蹦跳的白兔是可愛的，
以及烏龜慢慢走、魚兒水中游，
還有呢？

陽光燙過的被子是軟綿綿的，
以及嬰兒的臉、聽故事流下眼淚，
還有呢？

每一片雪花都有故事的，
以及黃昏的笛聲、屋簷下風鈴叮噹了幾聲，
還有呢？

額前的一綹髮絲，想追著風走，
髮絲啊，你也有故事要說嗎？

這首詩在寫什麼呢？

這首詩的主題是對世間萬物的多情。如果心是柔軟的，有情感的，看待世間的萬物便能生出各種感覺。有感覺，才能化為抒情詩句。

有沒有注意到第一段的蝴蝶、鳥、玫瑰，都是自由活動、充滿生機的；在詩人眼中，自由的靈魂才是美麗的。若是淪為標本，再美麗的形象也沒有用。第二段中的白兔、烏龜與魚兒，也是同樣道理。動物們能自在的做出各種動作，才是最可愛的。

而什麼是柔軟的？曬過太陽的棉被與嬰兒的臉，是具體的東西，本身質地有其柔軟性；至於因為故事中的感傷而難過掉淚，則屬於抽象的感覺，這種感同身受而落淚的情意，也是柔軟的。所以，寫感覺，可以針對具體的東西來寫，也可以描述抽象的情意。

前三段分別寫了美麗、可愛、柔軟，第四段改變屬性，寫故事。若是有情之眼，就算是一片雪花、夕陽中的笛聲，風鈴響，也都可以為它們想像出動人故事。因為有故事，便讓原本沒什麼特別的自然萬物，產生意義。於是，在想像中，額前的一絲頭髮，好像也要追著風跑，是趕赴約會，還是想去散個步？

運用想像力，是寫詩的不二法則。沒有標準答案與寫的規則，就算面對呆板的一顆石頭，只要想像，也能賦予它特別的故事。

一起來寫詩

以美麗的、可愛的，或其他形容，比如：美味的、甜蜜的、溫暖的，當作描寫主軸，找出你覺得哪些東西、事情、動作，符合這些屬性？記得不要只寫具體的東西，也練習寫寫抽象事物。

參考例句：

有人問我什麼是甜蜜？

我想這些吧：巧克力、微笑與功課寫完了。

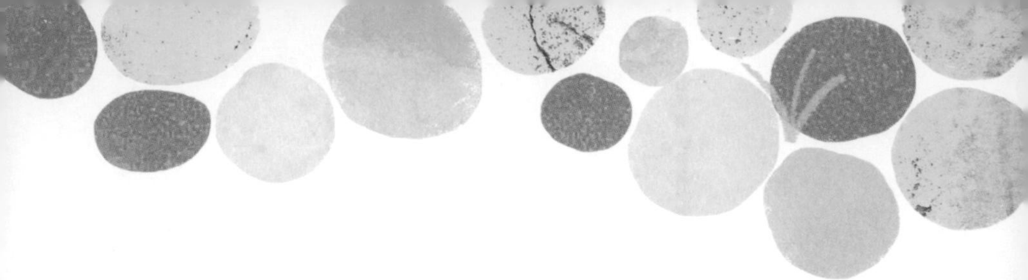

其實

我不想寫小兔子與烏龜
我不想寫花朵兒與蝴蝶
我不想寫風兒風兒輕輕吹
其實
一點點深奧也無所謂
一點點不懂，卻又好像一點點懂

我不想寫天氣真好啊太陽早
我不想寫小狗追著尾巴跑

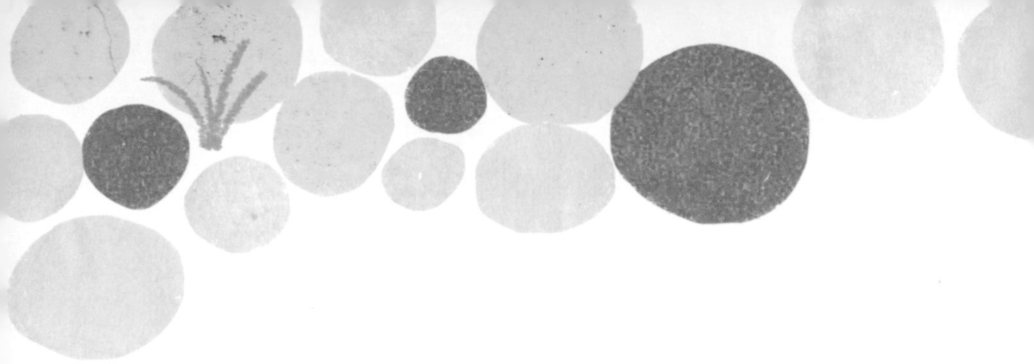

其實
有些時候我只想皺著眉
想著我為什麼皺著眉

石頭與石頭之間的縫隙
有的大，有的小
我的心，有時候也有縫隙
有的大，有的小

其實
我想寫的就是這一些縫隙
用來填滿我自己

這首詩在寫什麼呢？

這首詩的主題是：詩有時是朦朧的、說不清的。其實真的有一種詩的派別，就叫作「朦朧派」，這個派別的詩人主張：「誰說詩一定要寫得讓人家看得懂？」就像有些畫家也畫出抽象畫一般，讓讀者讀懂意思，並不是最重要的。重要的是，讀者能不能在詩中得到樂趣。讀不懂，想破頭，說來也是一種樂趣啊。

有的時候，我們真會有一種說不上來的情緒，不知道該如明確描述，其實也不必明確描述。正如放假時，晨間小賴床，不必急急忙忙起身穿衣上學，躺著，什麼也不想，可是腦子裡卻也千萬種念頭在轉。真要說了，又說不上來在想些什麼？

曾有人描述：「詩人對自己說話，卻被世界偷聽了去。」便是在表達「詩，不必對世人明白清楚交待，說給自己聽即可。」把當下想的、動念的寫下來，然後也許忘了，也許刻骨銘心的記著，都好。所以也不必條理分析的想知道本首詩的邏輯，「一點點不懂，卻又好像一點點懂」，我們在懂與不懂之間逐漸長大，愈來愈不想把心事全說給所有人知道，因為有些時候，有些話只是說給自己聽，用來填補自己而已。

一起來寫詩

這一次，試著拋開主題，練習寫心情吧。

仿照本詩，先從「不想寫」什麼開始，想想你平時讀到的童詩，多數寫什麼？可用來當作「不寫」的對象。本詩是以「石頭與石頭之間的縫隙」，比喻心中也有不明的、矇矓的情緒。你可以想出另一種比喻。最後一句「用來填滿我自己」，請用別的動詞將「填滿」替換掉。

參考例句：

我不想寫小老鼠上燈臺，不想寫可憐啊下不來。
其實，有些時候，我想不懂我到底該想什麼。

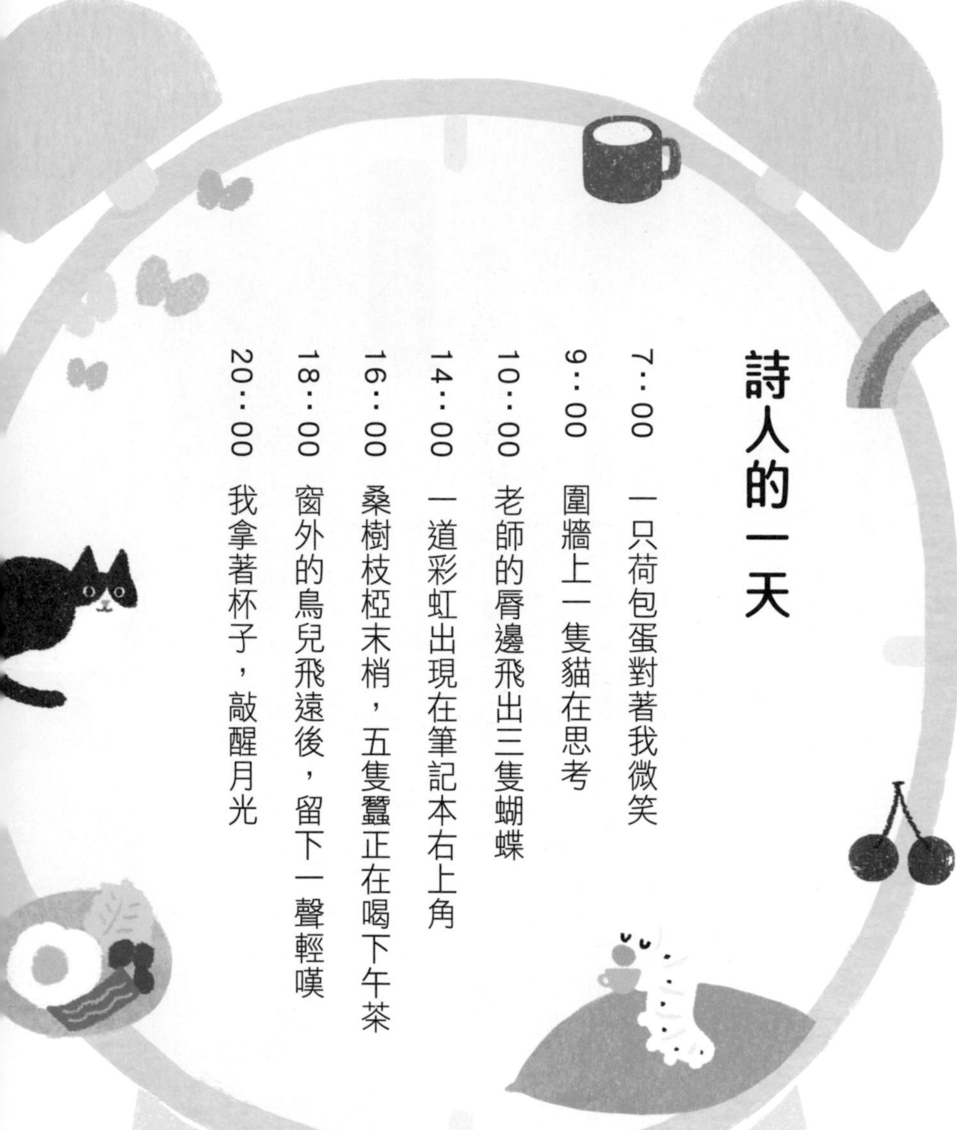

詩人的一天

7：00　一只荷包蛋對著我微笑

9：00　圍牆上一隻貓在思考

10：00　老師的唇邊飛出三隻蝴蝶

14：00　一道彩虹出現在筆記本右上角

16：00　桑樹枝椏末梢，五隻蠶正在喝下午茶

18：00　窗外的鳥兒飛遠後，留下一聲輕嘆

20：00　我拿著杯子，敲醒月光

這首詩在寫什麼呢？

如果你帶著充滿感情的眼睛，細看生活，生活可能就化身為一首詩來回報你。所以這首詩，主題便是：抒情看人生。

想想一天當中，吃早餐、上學路上看見一隻貓、老師講課……這些都是再平凡不過了。可是，如果試著以詩人的多情多感，以不一樣的角度，去發現平凡中的美，往往能為這些平凡重新注入新生命、新意義。

比如：早餐桌上的荷包蛋，可能是媽媽早起辛苦煎出來的，或是早餐店的店員犧牲睡眠，勤奮為顧客努力煎得香噴噴的。當有這個念頭，以感謝之情看待別人為我們的付出，便會覺得這是一個微笑的荷包蛋，不是皺眉的，也不是煩惱的。

老師殷勤講課，也是希望學生能有收穫，得到新知，吐出的一言一語、一字一句，彷彿是美麗蝴蝶，為學生營造出多采多姿的世界。

把一天當中，每個時辰會做的尋常小事，另以詩情畫意的眼光，再度描繪。這樣的一天，就是詩人的一天。

一起來寫詩

想想自己一天當中會做的事，選擇幾件寫下，並練習將它們轉化一下，讓平凡變得充滿詩意。最簡單的方法是：將這些事擬人化，想像它們是人，做著像抒情詩人、或有趣的人會做的動作。

參考例句：

上午七點：鬧鐘決定不再忍耐我的打呼聲，高聲吶喊：起！起！起！

頒獎

我能一口氣找到一百種光
黃昏裡螢火蟲微微的光、火車衝出山洞第一道光、好朋友眼裡的光
和爸爸去釣魚時溪裡翻飛著光
我把它們裝進一首歌，藏在心裡
每當我唱起這首歌
無數的光點從我口中飛出，歌聲是金色的。

我愛上一百朵茉莉
每一朵都為她們取了名字
潔白茉莉、粉白茉莉、雲朵白茉莉、浪花白茉莉……
每當我呼喚這些名字
　無數的茉莉香
　便坐在空氣秋千上盪啊盪

我捕獲了一百種香氣
清晨的烤麵包、夜晚的燉雞湯，奶奶家的野薑花

收在抽屜底層沒寫名字的信
這些香氣
被我裝在通往左心室的密洞裡
可以隨時取出來
驅除莫名的憂鬱

一定還有更多的亮與香
更多的甜與光
在不遠之處等我
等著頒獎給我
給我更多美的獎賞

這首詩在寫什麼呢？

這首詩寫的是「用心發現美」。生活的點滴，日常的縫隙，只要認真聆賞，加上自己的美好想像，便能處處遇見美。

第一段寫的是生活中的光亮，光亮也是美好、良善、陽光的象徵。第二段提醒我們該為平凡生活加入想像力與浪漫情懷，可以為隨處可見的花兒命名；而一旦我們這麼做，平凡的花再也不平凡了，因為它擁有一個獨特的名字。

第三段的香氣，從實質的氣味，寫到未具名的信，也許是表白的信，散發著神祕的香氣，會是誰偷偷的喜歡自己呢？

最後一段則是再度提醒自己（其實就是說給讀者聽），想要得到生活中更多真善美的獎賞，十分簡單，只需要專心聽與看，感受日子裡的細節，便能隨時都有頒獎典禮，得到愉悅的心情。

一起來寫詩

靜下心想想，生活周遭有哪些你覺得美好的事物？可從五感去發想：看到、聽到、聞到、吃到、摸到（觸碰到）了什麼？將這些令你愉悅的東西分類，依自訂的邏輯分段書寫。

參考例句：

我喜歡這一刻：日出、雨停、風鈴忽然叮了幾聲叮叮。

我愛上這一秒：蜜蜂停在花上、停電後燈又發光、刨冰上的煉乳蜿蜒溜下。

上課

城市的樓房說：
長這麼高，來上天文學吧，或報名星座課。

流經大城小鎮的河水說：
我需要加強記憶課，經過的那些瞬間，我全不記得。

站了數萬年的山說：
人間電影怎麼情節都雷同？老師，我想上人性分析課。

山下的小石頭說：
我該讀心理學，從巨大到渺小，我無法適應。

孩子想上快一點長大課。

大人想上回到童年課。

詩人說：別叫我上課。

昨夜綻放的曇花說……她來不及說

那麼，教學的老師們，

自己最想上的，會不會是下課？

這首詩在寫什麼呢？

這首詩的主題是「人各有所需」。雖然寫的是樓房、河水、山石，但擬人化的寫它們想上的課、想學的內容，其實就是以物喻人。

詩人最重要的是必須有「感時花濺淚、恨別鳥驚心」的能力。花與鳥，怎麼可能會為了人類的離別或傷感流眼淚、心碎呢？可是在詩人眼中，自己難過，萬物也跟著難過，還將這樣的心境寫出來，這就是詩的原始起點。

也就是，詩，寫的便是心中的真切感受；可能藉著山水花鳥之口道出，也可以假借風火雲雨的呼嘯表達。

高樓大廈，離天空那麼近，上天文學或星座課，理所當然，也可說就近利用、在地學習。第一句從樓房所處環境，為它設計適合的課程。

河水川流不息，不會停留不動，所經之處都是轉眼瞬間的更替，還來不及記住，便已成過去，所以它需要的是如何加強記憶。

山站立得那麼久，歷經多少朝代更替，它像是冷眼旁觀者，一定訝異於人類怎麼「分分合合」的不斷上演著戰爭與和平、和平又戰爭吧。所以，它會需要修一門人性分析課。

大人與小孩，當然也各有不同渴望。兒童渴望著長大成人的權威，成人眷念著童年無憂慮的純真。

詩人往往是一群不按牌理出牌的超越者，所以想必詩人不可能乖巧的上課、聆聽別人教學吧。

從高山、河流，到人類，本詩採用的是由大寫到小。小到只有一晚壽命的曇花，還來不及說出自己渴望或需要上什麼課，就下課消失了。可以和前面幾句形成對比。

然而如果整首詩只在寫誰想上什麼課，未免枯燥。所以最後大翻轉，討論起負責上課的老師。老師自己要不要上課？如果要，該上什麼？

一起來寫詩

試著從大到小，或反過來，先寫小再寫大；例如：小螞蟻想上什麼課、到宇宙想上什麼課。最後一句，再想想老師自己想學什麼。同時也想想，誰能當你詩句中那些課程的老師？

參考例句：

枕頭說，我收集太多莫名奇妙的夢，需要學學夢的翻譯。

尾巴說，我想上一堂「不必強出頭」的心靈課。

躲雨

全世界都在下雨
我在一本書裡躲雨
天空很髒
地面很暗
我的手心很乾淨
小心的翻開第二頁讀第一行
第二頁第一行
我讀著全世界都在下雨

我在一本書裡躲雨
道路積水
街上行人皺著眉
只有我的手心很乾淨
小心的翻開第三頁讀第二行

第三頁第二行
我讀著全世界都在下雨
我在一本書裡躲雨
我在一本書裡邀請你
進來躲雨

這首詩在寫什麼呢？

這首詩的主題是「閱讀之必要」。書，自然該被珍視，但更重要的，是必須打開它、閱讀它。

本詩中的躲雨，是一種象徵。當全世界都在下雨，就走進書中躲雨。這裡的雨，並非真正的雨，指的是真實世界中令人不愉快的那些事，誰都不喜歡被汙染的雨水淋得滿身。

為什麼知道雨水被汙染？因為詩中寫道：天空很髒；意味著雨水已遭汙染。或說原本清淨的世事、萬物，遭人為汙染，因而落在我們身上，也讓我們不再潔淨無邪。

然而只要走進書中，並且閱讀（詩中的翻書動作，便明白表示正在一頁頁展書讀），手心便是乾淨的。因為心清靜了，不再為外界的紛紛擾擾、外界的汙染與不快，心煩意亂。

本詩也示範如何運用重複句型，製造詩的節奏感。但是重複，並非只是每段都一模一樣，請看本詩，加入類似「迴文」效果，不但每一段的最後一句，是下一段的第一句，也讓第一段的第一句，出現在第二段與第三段的第二句。讀起來在反複中亦有變化。

至於從「第二頁第一行」，到「第三頁第二行」，不但有一種閱讀進行式的動態，也產生一種畫面感，讓讀者彷彿也讀到一行行的文字，走在一排排字詞鋪成的平坦、乾淨道路上。

當覺得全世界都在下雨，走進乾淨的書中，不是逃避，而是感激世上仍有一本本好書、一處處桃花源，歡迎所有人進入歇息，靜心養性。因此，詩末的邀請，是詩人大方的分享閱讀之美。每本書皆敞開大門，隨時為所有人阻絕世上的煩躁與不安。正如本書也一樣。

一起來寫詩

本詩以「走進書中躲雨」，來比喻閱讀之美。請你也找出一種具體比喻，用以象徵讀書的益處。例如：一帖藥方、寒風中的暖房、氧氣罩等。如果能運用「迴文」效果更好。

參考例句：

氣溫不斷下降的世界，我在一本詩集中取暖；李白端給我一杯滿滿的月光。

我在一本詩中尋寶，遇見一排鑲金的句子，閃閃發光。

附錄

童詩教學入門十問

詩的教學，先以樂趣為開始。且最好每次只引導、示範一種技巧。千萬不要初練習時，就強迫孩子注意一堆規則。以下簡介幾則教孩子寫詩的基本認識。

1、詩是什麼？與其他的文體，比如散文、故事、小說，有什麼不同？

詩與其他文體最大不同，在於必須使用精簡的文字、常運用比喻而不直說，並且會營造意象，激發讀者產生某種情感；還希望詩被朗誦起來很好聽，因此有些詩會著重押韻與節奏（有段時間，臺灣常舉辦「詩歌朗讀比賽」呢）。

此外，詩更強調創意，因此許多詩人喜愛冒險，寫出充滿奇妙想像力、彷彿與讀者玩遊戲般、讓人眼睛一亮的獨特形式或句子。

教孩子寫詩時，可以先舉例說明「什麼不是詩？什麼才是詩？」讓孩子先有概念。

例一：

「一隻鳥在樹上唱歌」是「現實的描寫」，不是詩。但如果將其中的元素：角色、動作、背景、單位等，改為下列例句，便有詩味。

（1）一隻春天在樹上唱歌↓將鳥改為春天，且故意將單位保留為「隻」。

（2）一隻鳥兒在夢的翅膀上歌唱↓地點改為抽象的「夢的翅膀」。

（3）一隻鳥兒在樹上呼喚著去年的舞伴↓將單純的唱歌，加入擬人化的、具有情節性的「呼喚去年的舞伴」。

（4）一隻鳥兒在樹上歌唱，歌詞與去年夏日的炎熱有關，開頭是一陣風從南方微笑走來。↓原來的句子，接上詩意的描述。

臺灣現代詩人羅門主張：「詩，絕非第一層次現實的複寫，必須透過聯想力，導入潛在的經驗世界，予以觀照、交感與轉化為內心中第二層次的現實。」如果只寫出第一層次的現實，沒有加入內心第二層次的情感，便無詩意。

例二：

「筆，是用來寫字的」，這句話是寫實，僅寫出筆在現實世界中的主要功能，沒有自己的情感轉化，所以不是詩。

但如果改成：

(1)筆，是用來表演哭與笑的↓改變動詞，將「寫」改為「表演」，且以哭與笑代表情感，說明筆寫的是內心的情感。如此一來，平凡的「用筆寫字」便有詩味。

(2)筆，是用來寫「我的使用手冊」的↓我的使用手冊，意思是「我是誰？我該怎麼做？」等關於自己的一切。所以，這一句的用意，在表達筆（書寫工具）最重要的用途，是深度了解自己、明白自己的核心價值。

(3)筆，是用來對抗橡皮擦的↓這句加入第二個角色，用來對比出彼此相反的功能，也就是存在價值與意義。橡皮擦可以擦掉寫錯的字，但最後筆還是得重新再寫出正確的。

簡言之，詩的特點為：

(1)文字精簡不囉嗦（除非它是故意要表現冗長囉嗦的感覺）。

(2)善用比喻與營造意象，以表達情感。

(3)注重語感（讀起來的感覺），尤其是節奏感。

(4)富有想像力與遊戲精神。

2、詩的字數一定要很少嗎？

比起動輒數萬字的小說，或至少百字、千字的故事，詩通常字數比較少，甚至少到全詩只有一個字：例如：曾任教哈佛大學的學者詩人周策縱寫的〈清明〉，整首詩只有一個字「露」（雨中之路，很有清明時節雨紛紛的感覺）。或是大陸現代詩人北島寫的〈生活〉，也只有一個字「網」，意思是人生充滿各種網絡關係。

然而，沒人規定詩不能寫得很長。公元三百年前古印度的史詩《摩訶婆羅多》（Mahabharata）多達一百八十萬字。古希臘的史詩《奧德賽》（Odyssey）也長達12,110行。中國南北朝時期的敘事長詩《孔雀東南飛》有三百四十多句。現代詩中，也有整本詩集就是一首長詩。

孩子初寫童詩，字數不必多，但也沒有人規定不可以多。我以為讓創作者自行發揮即可。只要能充分表達想要闡述的意念，多少字並沒有一定規範。

3、詩一定要分行寫嗎？

答案是：不一定。不過詩分行寫，是有其理由的。比如：

（1）為了讀起來更鏗鏘有力。比起一口氣連續的句子，分行讀，較能有起伏、輕重、快慢的變化。臺灣現代詩人向陽曾說：「一首好詩是用舌頭嘗出來的」，意思是透過朗讀、低吟，讀詩像在咀嚼字句之美。

例如：臺灣現代詩人楊喚的詩〈我是忙碌的〉前兩段：

我是忙碌的。

我是忙碌的。
我忙於搖醒火把，
我忙於雕塑自己；

重複的句子與語詞，分行斷句的讀，聽起來語感更豐富。如果未分行，一口氣連著讀，感覺像黏在一起、糊成一團，如何有力氣進行「我是忙碌的」？

（2）藉著分行，使意思有所區隔，可能上一行是肯定，下一行是否定。分行比較不易造成混淆。例如：臺灣現代詩人羅門的詩〈窗〉前三句是：

猛力一推　雙手如流
總是千山萬水
總是回不來的眼睛

第二、三句的兩個「總是」，意思與賦予的情感其實不大一樣，前一個是針對千山萬水的「永遠都是賞不完的人間景致」描述，後一個則往後移一空格，造成略加停頓、有所喟嘆的效果，感嘆著「看盡人間風景之後，有些思緒回不來、與之前大不相同了」。

（3）為了加強語氣或製造特殊效果（刻意給人很突然、驚奇感），在一行行重複中，表現愈來愈強，或相反的力道，或是故意在不尋常的地方斷句。

（4）製造因為分行而產生的視覺效果。比如圖象詩，或是字數前一行與後一行字數故意相差很多，或只差一個字，搭配主題，表現出效果。

其實現今寫詩的規則已不再狹窄，有小說詩、散文詩等，沒人規定詩究竟該不該嚴格的分行。所以還是端看主題、表現手法需不需要分行而定。

4、詩要加標點符號嗎？

答案是：不一定。應該說，現代詩真的沒有太多「絕對規則」，詩人想採用什麼形式，必定跟他要表達的內涵有關。詩應該是最自由不拘的文體，就連唐代李白，都喜歡故意打破當時慣用的寫詩格式，自成一格。

要不要加標點符號，要考慮的是「為了什麼功能？」如果加標點符號，只是為了表示一句話的中斷、結束，其實分行便有此功能。但是破折號「──」或刪節號「……」，甚至問號「？」等，可能影響或造成詩的特殊意涵，詩人便會加以運用。

香港現代詩人廖偉棠有首〈一個疲憊者的四首頌歌〉的用法，便可以說明。詩中的第一首「地鐵頌」最後兩句是：

我是。
一個句號。未被消化掉

有沒有發現，標點符號在此詩中，不僅僅是句末使用的功能而已（最後一句反而沒有），而是句號本身便有意義，像是展示給讀者，「我就是個生活中的句號，結束了，沒用了，但還具體、疲憊的攤在日子裡。」

5、一定要押韻嗎？

押韻，指的是在句子的最後一字，使用相同韻母的字。例如：唐代古詩「偶來松樹下，高枕石頭眠。山中無曆日，寒盡不知年。」中的「眠、年」都是押ㄧㄢ韻。

至於童詩要不要押韻，答案是：不一定。

因為現代詩已經不再講究韻腳，不似古詩，有其押韻的嚴格規定。但如果需要讓讀者在字句朗讀中，產生「因為唸起來有押韻、好聽」，因而造成音律之美，有些詩人便會苦思，讓它押出語音鏗然的韻腳。唐代的盧延讓曾寫：「吟安一個字，撚斷數莖鬚」，寫詩為了找到一個最恰到好處的字，尤其還要押對韻腳，的確會絞盡腦汁、把鬍子摸來摸去撚斷呢。

臺灣知名歌手周杰倫的歌曲，多數由方文山填詞，他喜愛在歌詞中押韻，比如〈千里之外〉前兩句「屋簷如懸崖，風鈴如滄海」，因為押韻，唱起來會更有韻味。

大陸現代詩人廢名的〈街頭〉前兩句有押韻，且是第四聲（重音），讀起來那種喧鬧中的孤寂，味道更濃：

行到街頭乃有汽車馳過，
乃有郵筒寂寞。

不過最重要的，千萬不要為押韻而寫出讀起來意思很勉強的詩。

6、可以先仿作嗎？

我認為所有人一開始的文學創作，免不了「有所仿」，甚至有人還極端的主張：世界上沒有真正的原創。文學之仿，可能是模仿前人作品中的主題、概念、形式、語法等。

起初創作，仿作當然可行，尤其是初寫詩者，但在教學過程中，要逐步讓孩子明白，仿作之後，如何突破，創出自己更新更獨特的想法。

教孩子寫詩，一開始最容易仿的是形式，但別忘了：所有的形式，都是為了表現內涵。例如：古代有所謂的「一字詩」，比如清代的紀曉嵐寫過一首：

一蓑一笠一扁舟，
一杖長竿一寸鉤。
一上一下一來往，
一人獨釣一江秋。

整首詩以「一」這個字來貫穿，表達出「天地間一個人、孤獨」的景況。初學者模仿時，便須知道寫出來的「一字詩」，要搭配的情感便是：孤獨，或是享受孤獨，反而不能寫出結局很熱鬧喧嘩的感覺。

教學時，可以先討論：本次的仿作，是摘取它的什麼來仿？主題、語法、還是形式？然後在仿作時，請孩子想想如何跳脫原有的窠臼。比如：上述的「一字詩」強調孤寂，後人仿作時，可不可以改成讓它有「雖然孤獨一人，卻很享受這種感覺」，等於在形式上模仿它，但在表達情感上，與它完全相反。

7、什麼是詩中的比喻？

不論任何形式的文學創作，一定常運用比喻。宋代陳騤在《文則》一書中，把比喻分為十種：直喻、隱喻、類喻、詰喻、對喻、博喻、簡喻、詳喻、引喻、虛喻。不過，教孩子初學詩的比喻時，可先大略分為「直喻」與「隱喻」即可。

比喻就是「真正要說的是甲，但不直說，而以乙來說」。所以，乙一定跟甲有關聯，例如：玫瑰代表愛情，當我們想說「我愛你」時，可以比喻「你是我園中僅有的玫瑰」；玫瑰就是乙，愛情是甲。

以下略述「直喻」與「隱喻」：

(1)直喻—直接寫「某甲像某乙」，比如：「霧中的路，好像蒙著薄紗的人。」直喻通常會出現「是、好像、彷彿、好似、有如」等字詞，讓人一讀便知。唐代李白著名的詩句：「白髮三千丈，離愁似箇長」，其中的「似」即「好像」之意，便是典型的直喻。臺灣童詩作家林世仁的〈樹葉名片〉開頭第一句便是「葉子是樹的名片」，也是典型的「甲就是乙」直喻法。其他例子還有大陸詩人綠原的〈小時候〉前三句：

小時候
我不認識字
媽媽就是圖書館

（2）隱喻──不直說甲，而說乙；甚至全詩中完全沒有提到甲。但是讀者在讀著乙時，能感受到乙就是甲。所以詩人真正的意念是隱藏的，必須靠讀者自己發現與解讀。

於是，隱喻的方式便需要技巧，否則隱喻半天，讀者根本沒有察覺真意，就失去比喻之功了。

如何讓隱喻成功，有三個可行之道：

※將真正要表達的主題直接寫出，但整首詩採用隱喻。例如：主題是〈母愛〉，但整首詩不直接寫愛，只寫出媽媽做了哪些事。

例如：臺灣童詩作家林良的〈媽媽〉，寫著：「晚上我上牀，最後一眼，看到你正在忙。天亮我醒來，睜開眼睛，看到你還在忙。」全詩不說媽媽的偉大，但藉著忙的形象，已成功營造。

※以某一事件來表達真正要說的主題。唐代劉長卿的〈聽彈琴〉：「泠泠七絃上，靜聽松風寒。古調雖自愛，今人多不彈。」乍看是在寫現代人已經不聽古調。但「靜、松風、寒」帶有孤高寂寥感，且古與

今的對比，意味著詩中要寫的是不同的兩方。是哪兩方？便引起讀者臆想。本詩其實真正的主題是「曲高和寡」或是「眾人皆睡我獨醒」。

※搭配「象徵」來使用。象徵，指的是一般讀者比較熟悉的「某物就是某種情感」，例如大家都同意：毛毛蟲變成蝴蝶，是「蛻變、成長」的象徵，因此如果詩中寫到這件事，讀者便知道是在象徵「成長」。

為什麼寫詩要善用比喻？因為詩注重心中情感，所以直說太膚淺平淡，經過轉化，增添美感，也強化意念。再者，不直說，讓讀者猜測、迴想，也更有餘味。

8、什麼是詩的意象？寫童詩需要注重意象嗎？

關於詩的意象有多種解釋，也有多種分類法。對初學寫詩的孩子而言，不必掉入太深奧的解釋，只需知道「為什麼讀詩時，能引起某種特別的感覺？」這種效果，通常就是因為這首詩，製造了某種「意象」，因而激起讀者的情感。

簡言之，詩人會在詩中，布置一個具體的環境，讓讀者好似「看、聽、聞、嗅、觸」到這些具體物件，進而產生一種感覺。

最簡單的例子是：臺灣童詩作家林世仁的〈啊！夏天〉第一句：「十個太陽擠進我的小腦袋」。平常一個太陽高掛空中，都已經讓人熱得受不了了，何況是「十個、在腦袋中」；那種悶熱、熱到快爆炸的氛圍，就是這個句子製造出來的「意象」。

有時候，意象會跟比喻重疊，通常是因為這個比喻，帶著濃厚的「象徵」意味。例如，詩中以「我站在十字路口」來隱喻「我不知道該何去何從」；「十字路口」是「多個方向、多種選擇」的圖象，於是，讀者在腦中會浮現那種「人來車往、紛紛擾擾」的畫面，較能引發聯想：「到底要選哪個方向？」也就是「十字路口」這個具體的圖象，能激起「徬徨」的感覺。這就是詩人成功的以十字路口製造出徬徨迷惘的「意象」。

童詩，可先從「多運用象徵」開始練習。帶著孩子練習：如果要表達某類情感，用哪些具體物、事比較好？起初可多用對照的方式。比如，想表達「媽媽的愛很深」，是用「瀑布」還是「大海」，還是「潺潺小溪」為宜？想表達「希望」，使用「春天花草萌新芽」還是「秋天落葉飄落」較佳？

9、如何產生詩的節奏感？

詩常常與歌被一起提及為「詩歌」，古代人讀詩，常加上曲調吟誦，所以，詩的本質中，某部分與歌曲是緊密相關的。所謂詩的節奏感，是指讀起來像樂曲般，有規律的節拍，可能因為音符輕、重起伏，或是曲調重複而產生。

不論大聲朗讀或在心中默讀，甚至只是眼睛看到一行行字的視覺效果，詩的節奏感會帶來詩在被欣賞時、感官上的美感。規律的節拍、反覆的調子、高低音、樂音輕重快慢所製造出的節奏感，使得讀起來、聽起來、看起來很舒服。古詩有「五言絕句、七言絕句」，還講求押韻，為的就是讀起來很有節奏感。

可以找首五言絕句讓孩子讀讀看。例如：「千山鳥飛絕，萬徑人蹤滅。」，如果改成「千山鳥飛，萬徑人蹤」，或是「千山鳥飛絕跡，萬徑人蹤滅無」，都不如原來的好。

如何製造詩的節奏感？可分為「形式」與「內涵」。

(1)從形式上製造節奏感（音律上的節奏）

方法有押韻、字的平仄（注音符號的第一、二聲為平，第三、四聲為仄）、字詞句重複、句子長短的排列組合方式變化等。以下舉數例：

※日本作家宮澤賢治的詩〈不怕風雨〉的前三句：

不要輸給雨，
不要輸給風，
也不要輸給冰雪和夏天的炎熱，

連續重複三個「不要」，製造節奏感。
※臺灣現代詩人張默的〈落葉滿階〉的詩句：
「穿越，穿越，急急地穿越」一連三個穿越，而且尾字是第四聲，像是重重的鼓點，因而產生節奏感。
※臺灣現代詩人楊喚的〈夏夜〉詩句：

來了！來了！
從山坡上輕輕地爬下來了。
來了！來了！
從椰子樹梢上輕輕地爬下來了。

也運用不斷的重複，產生夜晚腳步逐漸走過來的節奏。
(2)從內涵上製造節奏感（意義、情感上的節奏）
詩的內涵，指的是詩中營造出的情境或氛圍，帶給讀者的心理感受。

※可以是「結尾時的轉變」，比如全詩原本是輕鬆的，最後一句忽然很緊張；或是原本充滿懸疑，最後一段忽然揭曉。像是交響曲中最後那一聲響亮的鈸。

※也可以是逐步增強（遞增）或減弱。讓讀者情緒像爬階梯般，堆積出一種情感上的節奏。

以臺灣現代詩人孫維民的〈一隻麻雀誤入人類的房間〉的詩句為例：

在屋梁的燈罩和灰白的牆壁之間
在灰白的牆壁之間和窗戶的玻璃之間
在窗戶的玻璃和舞蹈的灰塵之間……

全詩共二十七句這樣的重複句，讓讀者彷彿跟著麻雀在房間的各種物件中飛來飛去，一句句帶領讀者爬著情緒的階梯。

本來在屋中的各種小物中飛行，像是有趣的冒險；然而因為詩人逐步在詩中，加入負面的形容詞，比如「在枯死的盆栽和黃昏的槍聲之間」，讀者的心情於是跟著慢慢產生恐慌，直到最後一句「牠撲動著顫抖的，絕望的雙翅」，終於情緒達到最高點，末句便是此曲悲歌中的最後那一聲高亢的鈸。

又如臺灣楊茂秀老師以「七星潭」筆名發表的〈一點點〉，前面八句都是「一點點」，從一點點種子、一點點泥土，到一點點等待，最後兩句是「然後，一朵小花！」也帶有「情感上跟著一起期待」的節奏感。

10、如何培養詩的想像力？

詩應該是所有文體中最寬容的，因為它最強調創意，希望以新奇有趣、意想不到、非平常的用法，來產生詩給人的震撼。因此，我覺得有時候寫詩，乾脆先不管規則，或故意違反規則，說不定反而萌生新意。

詩的創意，當然是指寫詩的人要富有想像力。不妨平時多培養以下幾種態度：

（1）願意多元看世界。對所有的事情，不要只有一種想法。或是當自己有一種想法時，也試著從相反的角度想想看。例如：「電腦一定聽人的指令嗎？」「外星人，一定是來攻占，或是一定不是來攻占地球的嗎？」

（2）願意帶著遊戲精神，嘗試寫詩的新點子。

有許多詩人，以實驗精神創作讓人耳目一新的詩，不妨多閱讀與詩有關的書籍與報導、評論。

臺灣的現代詩人夏宇，是一位創意代表人物。她寫過類似小學生考卷的「連連看」新詩；將幾個不相干字詞分列兩邊（包含一個讓讀者自填的空格），請讀者自己連連看，並設想這樣連，會連出什麼意義？這是在詩中加入「讀者參與」的互動感。

臺灣現代詩人唐捐寫過「我抱歉時，歉居然沒抱住我。」運用雙關，產生無比趣味。或是馬來西亞的現代詩人假牙，有首詩〈世界末日那天〉，全詩只有四個字：「學校放假」，讀者讀來應該會大笑出聲，但又不得不點頭贊同。看似無俚頭的詩，卻帶來新穎趣味。誰說詩不可以像在玩遊戲？

可以仿其精神，練習寫自己的創意遊戲詩，相信一定讓孩子興致盎然。以下列舉數種有趣的遊戲詩，供參考運用：

※找理由詩。例如：題目是〈為什麼我會遲到？〉〈為什麼我考零分？〉，請孩子「從結果想原因」，列舉讓人噴飯的理由，寫出一首趣味的「找理由詩」。

※誤用單位詩。故意將單位寫錯，製造有點哲理的詩。比如「教室裡有一顆顆的人」（意思是呆坐著的學生，像不動的一顆顆石頭）。

※反常的定義詩。故意不寫物品的原本用途，想像出它的新奇用法，但必須有點道理，而非只是胡說一通。例如「貓咪，是用來反對你

的。」「錢，是用來練習什麼叫作買不起的。」

※仿〈世界末日那一天〉，或另訂主題如〈學校放假那一天〉〈地球停止轉動那一天〉，也寫「一句話」詩，但這句話必須讓人會心一笑。

※字形詩。有些中文字本身的造形就很有意思（某些是源自象形字），例如：「田」像方正的田地，「森」是三棵樹，「好」是女與子，「固」是古被圍在方框內。加上想像，將字賦以意義，可以寫成敘事詩（有情節的詩）。

例如：〈仇〉，可以寫成詩：「九個人／一個美／一個白／一個有才／……／九個人誰也不愛誰」。

※圖象詩。刻意將詩句排成圖形，例如：寫〈山〉，便將句子排成三角形（像「寶塔詩」）。早期臺灣詩人詹冰有首〈水牛圖〉，將整首詩排成像一隻站立的牛（還有兩支牛角）。林世仁的〈稻草人〉也將詩句排成稻草人的輪廓。

國家圖書館出版品預行編目資料

童詩,想明白：一起讀、一起想、一起寫的詩集／
王淑芬文；灰塵魚圖. -- 初版. -
臺北市：幼獅, 2019.12
面； 公分. -- (詩歌館；3)

ISBN 978-986-449-180-3(平裝)

863.59 108018017

・詩歌館003・

童詩，想明白：一起讀、一起想、一起寫的詩集

作　　者＝王淑芬
繪　　圖＝灰塵魚
出 版 者＝幼獅文化事業股份有限公司
發 行 人＝李鍾桂
總 經 理＝王華金
總 編 輯＝林碧琪
編　　輯＝黃淨閔
美術編輯＝游巧鈴
總 公 司＝10045臺北市重慶南路1段66-1號3樓
電　　話＝(02)2311-2832
傳　　真＝(02)2311-5368
郵政劃撥＝00033368

印　　刷＝錦龍印刷實業股份有限公司
定　　價＝300元
港　　幣＝100元
初　　版＝2019.12
書　　號＝983048

幼獅樂讀網
http://www.youth.com.tw
e-mail：customer@youth.com.tw
幼獅購物網
http://shopping.youth.com.tw

行政院新聞局核准登記證局版臺業字第0143號